GREEN HEART

그린 하트

GREEN HEART

1판 1쇄 찍음 2017년 4월 25일
1판 1쇄 펴냄 2017년 5월 8일

지은이 | 미르영
펴낸이 | 정 필
펴낸곳 | 도서출판 **뿔미디어**

편집장 | 문정흠
기획 · 편집 | 한관희

출판등록 | 2002년 9월 11일 (제081-1-132호)
주소 | 경기도 부천시 원미구 소향로 17번길(두성프라자) 303호 (우) 14544
전화 | 032)651-6513 / 팩스 032)651-6094
E-mail | bbulmedia@hanmail.net
비북스 | http://b-books.co.kr

값 8,000원

ISBN 979-11-315-7487-4 04810
ISBN 979-11-315-7392-1 04810 (세트)

※파본은 구입하신 서점에서 교환하여 드립니다.

※이 책은 (도)뿔미디어를 통해 독점 계약되었습니다.
저작권법에 의해 보호를 받는 저작물이므로 무단 전재와 무단 복제를 엄금합니다.

BBULMEDIA FANTASY STORY

또다른 세상의 시작

10

[완결]

GREEN HEART
그린 하트

미르영 현대 판타지 장편 소설

CONTENTS

※이 글 속에 나온 인명, 지명, 단체명은 허구이며 실제와는 연관이 없음을 알려 드립니다.

제1장

1

루시퍼의 화신인 김윤일을 만난 후 모든 것이 확실해졌다.

자신들의 세상을 만들기 위해 나를 이용했던 존재들이 명확해진 것이다.

이제 마지막 단추 하나만 확인하면 된다.

세계를 움직이는 기반인 에너지들을 바꾸기 위해 혈정을 만든 존재들을 찾는 것이다.

그들이 누구인지 그리고 어디에 있는지 어느 정도 윤곽은 잡혔다.

하탄의 계획이 실패한 후, 아니 실패가 아니라 그들의 의도대로 된 이후에 자신들이 원하는 에너지를 얻어 격을 갖춘 존재들이 아마도 혈정을 가지고 있거나 흡수했을 것이다.

세상의 기반이 되는 에너지를 자신의 의지대로 변화시킬 수 있는 촉매가 바로 혈정이니 말이다.

에테르가 됐던, 카오스가 됐던 자신의 의지를 투영해 원하는 에너지로 변화시킬 수는 있지만 처음 만들어지는 혈정은 아직 완성된 것이 아니다.

변화와 성장을 거쳐 진화를 끝내야만 완벽해지는데 아직은 성공한 것 같지 않으니 늦은 것은 아니다.

'김윤일을 만나기 전에 김일영을 통해 확인한 것으로 봤을 때 러시아의 블리자드, 중국의 반고, 영국의 엑스칼리버, 독일의 지온, 그리고 마지막으로 일본의 다카마가하라의 최고 정점에 이른 자들이 혈정을 만들었을 확률이 높다.'

다섯 이면 조직의 수장들은 하탄의 계획으로 인해 세상에 퍼진 다른 세상의 에너지를 이용해 혈정의 변화를 이끌어 낼 수 있었을 것이다.

다음은 혈정의 성장이었는데, 그것은 사실 쉽지 않은 일이었을 것이다. 격을 갖추고 강대한 권능을 가진 존재라 할지라도 불가능하다. 특별한 존재만이 혈정의 성장을 이끌어 낼 수 있으니 말이다.

에테르와 카오스를 동시에 다룰 수 있는 존재만이 혈정을 성장시킬 수가 있다. 실제로 시도를 했던 몇몇은 산산이 부서져 세상에서 사라졌다는 것을 김영일로부터 확인했다.

'셋은 확이니 됐으니 남아 있는 것을 확인해 보자.'

김영일이 가진 정보로는 지구에 존재하는 혈정은 모두 다섯 개다. 그중 주인이 정해진 것은 모두 셋이다.

하나는 미하일이 가졌을 것이다. 러시아의 비밀 연구소가 사라질 무렵 혈정의 기운이 미하일로 귀속되는 것을 느꼈으니 확실하다. 아마도 그것은 블리자드에서 만든 것일 것이다.

사실 회귀 전의 나는 미하일이 얻은 혈정을 성장시킬 존재로 블리자드의 선택을 받았었다.

수많은 능력과 에너지를 나에게 이전시켜 성장을 시킨 블리자드가 심장에 있는 혈정을 회수하며 생을 마감했었다.

또 다른 하나는 김윤일이 가졌다. 그가 얻은 혈정은 반고의 일족이 만든 것으로 추정이 된다. 회귀 전에 나처럼 김윤일은 반고의 선택을 받았을 것이다. 혈정을 성장시킨 후 빼내기 위해 루시퍼의 권능과 함께 전해졌을 것이다.

마지막으로 주인이 정해진 것은 내가 가진 혈정이다.

다른 혈정들과 달리 내 것은 이미 성장을 끝낸 상태다. 증조할아버지가 731부대에 잠입해 혈정에 또 다른 창조의 씨앗을 심었기 때문이다.

증조할아버지와 같이 731부대에 잠입한 방수환이라는 배신자가 빼돌리는 바람에 사라졌었다가 할아버지가 다시 찾을 수 있었고, 그것이 내게 전해진 것이다.

할아버지로부터 얻은 정보대로라면 내가 얻은 혈정은 일본의 이면 조직인 다카마가하라에서 만든 것이다.

세 개는 행방을 알았고, 미하일과 김윤일이 가지고 있는 것은 이미 조치를 취했다. 이제 나머지 두 개의 행방을 찾으면 된다. 나머지 두 개는 아마도 영국의 엑스칼리버와 독일의 지온에서 가지고 있을 확률이 높다. 내가 예측한 바로는 이미 만들어낸 세 이면 조직을 제외하고 혈정을 만들어 낼 수 있는 능력을 가지고 있는 것은 엑스칼리버와 지온뿐이었다.

'일단 독일부터 가보도록 하자. 2차 세계대전이 끝난 후 지온의 성향이 변한 것 같으니.'

독일로 먼저 가서 지온을 확인해 봐야 할 것 같다. 퉁구스 대폭발로 세계의 변화가 시작된 이후 패권을 지향하다가 중간에 유일하게 노선을 변화시킨 이면 조직이니 말이다.

이면 조직들은 일반적인 세상을 지배한다.

그들이 표방하는 목표에 따라 일반적인 세상도 비슷한 색채를 띠게 되는데, 퉁구스 대폭발 이후 가장 많이 변한 것이 지온이다.

영국의 엑스칼리버, 러시아의 블리자드나 중국의 반고, 일본의 다카마가하라는 아직도 신을 초월하기 위해 움직이고 있는 중이다. 성향이 변하지 않았다는 뜻이다.

엑스칼리버는 엄청난 부로, 블리자드와 반고는 인체실험으로, 다카마가하라는 이 둘을 모두 이용해서.

회귀 전에 알게 된 바로는 지온은 노선을 약간 바꾸었다. 패도에서 노선을 바꿔 엘프가 추구한 마도학처럼 기술로 신을 초월하는 것으로 말이다.

'에테르와 카오스를 동시에 수용할 수 있는 존재만이 혈정을 성장시킬 수 있는데 지온에서는 어떤 식으로 혈정을 이용하는지 정말 궁금하군.'

회귀 후에 어떻게 변했을지는 나도 모른다.

하지만 성향이 변했을 가능성이 가장 높기에 일단 가보려는 것이다.

혈정을 성장시키는 것이 아니라 이용하는 기술을 통해 세상을 지배하려는 지온의 의도도 궁금하고.

'성향이 변하지 않았다 하더라도 상관없다. 어찌 되었든지 틈을 만들 수는 있을 테니까.'

마도학과 비슷한 방법을 사용한다면 틈을 만들 수 있을 것 같다. 프리온을 통해 마도학을 재현하려는 것을 보면 엘프들이 만들어낸 마도학에 비해 수준이 떨어질 것이다.

'일단 가 보자.'

마음을 정한 뒤에 공간을 건너뛰었다.

아직까지 내가 허락한 존재 이외에는 공간 이동을 할 수 없다는 것이 다행이 아닐 수 없다.

내가 이동한 곳은 오스트리아와 접경 지역인 바이에른 주의 알프스 산자락으로, 독일에서 에테르가 가장 옅은 지역이다.

디즈니랜드 로고의 모토가 된 노이슈반슈타인 성의 꼭대기에

서 바라보고 있는 저곳이 바로 지온의 비밀이 담겨 있을 공산이 제일 크다.

'숨겨져 있는 비밀이 무색하도록 아르다운 곳이로군.'

시야를 메우는 산자락들 사이로 푸른 물결이 보이는 호수.

바로 슈타른베르거 호수 안에 지온의 비밀이 숨겨져 있다.

팟!

스르르르.

공간을 건너 뛰어 호수 위로 이동한 후 조용히 스며들었다.

'저기로군.'

알프스의 빙하가 녹아 만들어진 호수답게 탁하기는 했지만 지온의 비밀 근거지를 찾는 데는 그리 오래 걸리지 않았다.

지구가 속한 차원의 기반 에너지인 에테르라고는 단 한 줌도 찾아볼 수 없는 곳이 호수 바닥에 있었으니 말이다.

바닥으로 내려서자 익숙한 에너지의 흐름이 확실히 느껴졌다.

'역시나 카오스를 기반으로 하는 결계로군.'

침입을 막고자 하는 용도도 있겠지만 침입자의 출현을 알리는 기능도 있을 것이기에 카오스 에너지의 흐름과 패턴을 먼저 파악했다.

'뚫고 들어가는 것이야 어렵지는 않지만 침입이 있다는 것을 알아차리면 곤란하니……'

결계에 부여된 의지를 비틀어 이상 없이 흐르도록 한 후 틈을 열었다.

환각을 통해 그냥 호수 바닥으로 보이게 했는지 결계의 안쪽은 무척이나 달랐다.

물이 스며들지 못하도록 해서 결계의 안쪽은 말라 있었고, 제법 큰 석조 구조물이 중앙에 있었다.

'여기로군.'

구조물로 안으로 들어가니 바닥에 지하로 내려가는 계단이 보였다. 계단은 원형으로 이루어져 있었는데 빙빙 돌아 수직으로 내려가는 구조였다.

계단을 통해 천천히 지하로 내려갔다.

상당한 시간이 걸렸는데, 수직으로 대략 500미터는 내려온 것 같았다.

'으음.'

계단의 끝에는 거대한 공동이 있었다. 그리고 중앙에는 역시나 거꾸로 만들어진 피라미드가 보였다.

'정말 어마어마한 양의 혈기가 모여 있구나.'

피라미드 안에는 미하일이 러시아의 비밀 연구소 근처에서 얻었던 것과는 비교도 할 수 없을 정도로 엄청난 양의 혈기가 잠재되어 있다는 것을 느낄 수 있었다.

'퉁구스 대폭발 이후 혈정을 얻을 기회가 있었을 텐데 어째서 그냥 놔둔 건지 모르겠군.'

혈정은 세상을 변화시키고 자신의 의지를 드리울 수 있는 촉매다. 그런데도 지온에서 혈정을 만들 수 있는 혈기를 이렇게 그냥 두었다는 것이 의아하지 않을 수 없었다.

미하일이 찾은 곳도 그렇고, 이곳도 상당한 시간 동안 아무도 드나든 흔적이 없었다. 방치한 것이나 다름없다.

'블리자드는 혈정을 성장시킬 존재를 구하지 못했기 때문일 것이고, 지온은 혈정을 이용할 방법을 찾지 못한 것일 확률이 높겠군.'

확인하지는 못했지만 대충 상황을 짐작할 수 있었기에 천천히 중앙부로 다가갔다.

'대단하군.'

어마어마한 무게의 피라미드가 꼭짓점을 아래로 향한 채 설치되어 있는 모습은 장관이 아닐 수 없었다.

"으음."

손을 대자 태허의 근원처럼 혼돈스러운 혈기가 피라미드 내부에서 느껴졌다.

'그들이 사용하지 못했다면 내가 가지면 되겠군.'

지온이 모은 혈기가 왜 혈정으로 만들어지지 못했는지 모르지만 내가 갖기로 했다. 모두가 새로운 세상을 위해서다.

'미하일이 얻은 것과는 완전히 다른 방법을 사용해야 한다. 그건 정석이 아니니까.'

내가 해석해 주기는 했지만 미하일이 혈정을 얻었던 방법은 올바른 것이 아니다.

가장 빨리 혈정을 흡수할 수 있는 방법이기는 하지만 편법에 가까워 완전한 상태로 얻지는 못한다. 혈정을 존재하게 하는 근원이 그런 방법을 거부하기 때문이다.

혈정을 온전히 흡수하기 위해서는 금판을 엮었던 사슬 같은 매개체가 필요하다. 격을 지닌 존재만이 사용할 수 있는 인지의 사슬 말이다.

인지의 사슬은 고대 엘프에 지구상에서 단 한 개만 만들어졌다. 마도학의 모든 것이 집결된 인지의 사슬은 내가 가지고 있고, 천곤 속에 고이 모셔져 있는 중이다.

그리고 나는.

그것을 사용하고자 한다.

차르르르르!

의지를 일으키자 양쪽 손목에서 가느다란 끈이 튀어나왔다. 인지의 사슬이다. 의지를 일고 광속의 속도로 나에게 전하는 인지의 사슬이 빠르게 늘어나며 피라미드의 표면을 타고 움직여 나갔다.

우우우우웅!

피라미드가 진동하며 붉게 달아오르기 시작했다.

품고 있는 혈기가 활성화되며 피라미드의 꼭짓점으로 모여들었다. 뒤이어 선홍빛 구체가 꼭짓점 위로 맺히더니 크기를 점점 더 불려 나갔다.

'으음, 예상대로 지온은 마도학을 이용했구나.'

혈정이 맺히기 시작하면서 피라미드의 표면에 무수한 마법진이 나타났다가 사라지고 있었다. 젠 덕분에 내가 얻은 프리온의 마도학을 훨씬 뛰어넘는 고차원적인 마법진들이었다.

인지의 사슬을 통해 내 의식 전체가 피라미드를 감싸고 있어 나타난 마법진들을 전부 인식할 수 있었다.

'지금도 충분히 쓸 수 있는 것들이다. 이것도 이용하자.'

마도학을 이용해 혈정을 사용하려 했겠지만 발동시키기 위해서는 키가 필요하다. 내가 가지고 있는 인지의 사슬이 바로 그 키다.

731부대에서 혈정이 만들어진 것은 증조할아버지가 심은 창조의 씨앗 때문이다. 창조주라는 본신의 의지를 사용할 수 있는 증조할아버지이기에 내부에서 작동할 수 있어서 가능한 일이었다.

그리고 미하일이 혈정을 만들 수 있었던 것은 그가 내가 해석을 해준 것을 바탕으로 아주 적은 양이나마 혈정을 먼저 만들 수 있었기 때문이다.

미하일의 경우는 일종의 가짜 키를 이용해 발동을 시킨 것이라고 할 수 있다. 김윤일이 얻은 혈정도 아마 이런 가짜 키를 이용해 만들어진 것일 것이다.

지온이 혈정을 만들지 못한 것은 마도학으로 만든 이 수많은 마법진들이 가짜 키 역할마저도 제대로 해내지 못했기 때문일 것이다.

'지금부터 시작이다.'

피라미드에 베풀어진 마법진이 가동되는 족족 인지의 사슬을 통해 모여드는 혈정에 인식시켰다. 피라미드에 떠오른 마법진들이 사라지며 순차적으로 인식이 되어 갈수록 선명한 광채를 발하기 시작했다.

'만들어졌다. 하지만······.'

피라미드 안에 있는 혈기가 전부 뭉쳐져 혈정이 만들어졌지만 마법진의 인식은 아직 끝나지 않았다.

'으음.'

마법진이 인식이 거듭되자 천곤에서 나온 인지의 사슬을 통해 내가 가지고 있는 에너지들이 빨려 나가기 시작했다. 에테르와 카오스가 융합되어 있는 에너지가 말이다.

촤르르르!

그뿐만이 아니다. 인지의 사슬들이 피라미드에서 흘러내려와 혈정 속으로 빨려 들어 갔다. 그리고 더 많은 융합 에너지가 빠져나가기 시작했다.

— 멈춰라!

센트 싸인 마탑에서 벌어진 일이 또 다시 벌어지는 것이 아닌가 하는 생각에 멈추려 의지를 발동시켰다.

'으음, 멈춰지지가 않는다.'

대차원의 창조주를 넘어서는 의지를 부여해 통제를 해보려 했지만 멈춰지지가 않았다.

'뭔가 잘못됐다.'

지온이 피라미드를 방치한 것이 아닐 지도 모른다는 생각이 들었다. 이곳이 나란 존재를 불러들이기 위해 거대한 함정일지도 몰랐다.

'역시 불행한 예감은 틀리지 않는군.'

호수 지하에 설치된 결계가 열리며 누군가 안으로 들어오는 것이 느껴졌다. 결계 안에 들어 온 존재들은 모두 셋이었다. 그들은 구조물로 들어와 계단을 통해 내려오고 있었다.

공간 이동을 하지 못해 급했는지 내려오는 속도가 무척이나 빠르다.

'시간이 맞을지 모르겠군.'

마도학이 바탕이 된 마법진의 발현이 끝나는 것이 얼마 남지 않았다는 것을 느낄 수 있었다. 붙잡혀 있는 시간이 그리 멀지 않았다.

'통제가 안 된다면 놈들이 내려오기 전까지 마법진을 가속화시켜 완성을 시켜야 한다. 그리고 혈정을 통째로 받아들인 후에 시간을 벌어야 한다.'

마법진의 발현이 끝나는 것이 먼저일 것 같지만 그때는 내가 가지고 있는 에너지의 대부분을 혈정에 빼앗긴 후일 것이다. 시간이 지나면 다시 회복이 되기는 하겠지만 내려오고 있는 존재들을 상대할 여력이 없을 가능성이 높았다.

회복할 시간이 없으니 마법진이 완성되자마자 혈정을 흡수해 지금 아래로 내려오고 있는 존재들을 상대하는 방법밖에는 없을 것 같다.

마침내 만들어진 혈정에 마법진의 인식이 모두 끝났다. 그렇지만 시간이 얼마 없었다.

'제길!! 할 수 없다.'

주먹만 한 혈정을 들어 가슴에 가져다 댄 후 심장 안으로 공간 이동을 시켰다.

"커억!!"

고통이 느껴지는 가운데 심장의 모습이 선명하게 느껴진다. 약간 남아 있는 융합 에너지가 거세게 반발을 하며 심장이 부풀어 올랐다.

― 내게 종속시켜라!

강렬한 의지를 부여한 때문인지 심장이 변하고 있었다. 내부의 심장 근육들에서 촉수 같은 것이 뻗어 나왔다.

퍼퍼퍼퍼퍼퍽!

촉수들이 그대로 혈정에 꽂혔다.

'신기하군. 아직도 남아 있었다니…….'

혈정에 꽂힌 촉수들과 심장은 모두 녹색이었다. 에테르의 응집체인 녹령으로 인해 변해 버린 심장이었다.

속성의 근원들을 흡수해서 완전히 바뀌었다고 생각했는데 아니었다. 놀랍게도 카오스와 융합한 후에도 아직 에테르가 남아 있었던 것이다.

심장이 혈정을 빨아들여 에테르와 융합이 되어 가는지 촉수의 색이 변하고 심장의 색도 점차 변해갔다. 어느새 심장이 검붉은 색으로 변했고, 잠시 뒤에 칠색의 영롱한 광채를 내뿜기 시작했다.

'후우, 다행히 시간을 맞춰서 끝났군.'

심장의 중심에 있는 혈정이 칠색의 영롱한 광채를 뿌리며 존재감을 드러냈다.

'내려왔군.'

융합을 끝내자마자 광장 안으로 들어선 자들을 볼 수 있었다. 중세의 기사처럼 전신 갑옷을 입고 있는 그들은 결코 평범해 보이지가 않았다.

'다들 초월자다.'

초월자로 보이는 자들이 삼재를 형성하며 나를 포위한 채 둘러섰다. 은색의 전신 갑옷 위로 흘러나오는 그들의 기세가 심상치 않았다.

'어째서 공격을 하지 않는 거지?'

지온의 능력자들이 분명해 보이는데도 공격을 하지 않고 포위한 채 서 있는 모습이 의아했다. 자신들의 중지에 몰래 잠입해 혈정을 빼냈는데도 말이다.

'으음, 다른 존재를 기다리고 있었군.'

희미한 느낌과 함께 누군가 등장했다.

속이 환하게 비치는 그리스 여사제들이 입는 복장을 한 여인이었다. 마치 인형처럼 금발에 파란 눈동자를 가진 여인의 눈동자에는 아무런 감정이 담겨 있지 않았다.

어떤 생각을 하고 있는지 파악하기 어려웠지만 한 가지 분명한 것은 나타난 여인이 나를 포위하고 있는 자들 보다 격이 높다는 사실이었다.

"당신은 누구죠?"

무미건조한 목소리가 그녀의 입에서 흘러나왔다.

"그러는 너는 누구지?"

"나는 헤라라고 해요."

"헤라라면 올림포스의 그 헤라인가?"

"맞아요. 그렇게 불리기도 하죠."

"이건 놀랄 일이로군."

신화의 올림포스 족이 모습을 직접 드러내다니 정말 예상 밖이었다.

"그리 놀라울 것도 없어요. 세상이 변하면서 우리들에게 걸린 제약이 모두 풀어졌으니까요. 내 정체는 이미 밝혔고, 당신은 도대체 누구죠?"

"오롯이 하나라면 알 수 있을까?"

대차원의 창조주가 만든 세상에 드리운 인과를 벗어났기에 사실대로 말해 주었다.

"으음, 아테나의 말이 맞았군요. 대차원을 창조한 존재가 사라진 후 처음으로 오롯이 하나가 된 존재를 만났다고 하더니 말이죠."

제우스의 아내이자 모든 여신들의 수장인 헤라의 얼굴에 처음으로 표정의 변화가 생겼다.

"미네르바는 나에게 제압된 것이 아니었나 보군."

"그래요. 당신도 알거에요. 우리에게는 여러 개의 화신이 존재한다는 걸요."

아테나나 미네르바나 시대를 달리했을 뿐 동일한 존재다. 헤라가 나에 대해 들었다면 내가 제압한 미네르바는 아테나의 화신이었을 가능성이 높았다.

"내가 제압했던 미네르바는 아테나의 화신 중 하나였을 뿐이었겠군."

"아테나 덕분에 당신을 알게 되어 다행이었어요. 자칫 변수가 생길 뻔했으니까요."

"후후후, 함정이었군."

"역시 금방 알아내는군요."

지온, 아니 올림포스는 아마도 에테르와 카오스를 동시에 다룰 수 있는 존재를 찾아내지 못했을 것이다.

마지막으로 취할 수 있는 방법은 혈정을 지닌 존재가 자신들이 만든 혈기를 흡수하러 왔을 때 차지하는 것이었을 테고, 놈들의 의도대로 내가 이렇게 온 것이다.

"재미있군."

"저도 재미있어요. 헤파이스토스의 예상이 맞았으니까요."

"불과 대장장이의 신이라는 불칸을 말하는 건가?"

"맞아요. 불칸이 그러더군요. 아주 재미있는 존재만이 자신이 만든 것에서 거대해진 창조의 씨앗을 빼낼 수 있다고 말이죠."

대차원을 만들 수 있는 존재로 자라날 수 있는 단초가 되는 것이 창조의 씨앗이다.

인간을 비롯해 유사 인류에게 뿌려진 창조의 씨앗은 격을 유지하는 한 무한히 복제가 된다. 대차원의 창조주가 처음 뿌린 것들이 복제되어 총량이 늘어나게 되는 것이다.

혈정이 중요한 이유는 이것이다. 혈정에는 창조의 씨앗이 담겼으니 말이다.

"그랬군. 인간을 제외한 유사 인류 중에서 격을 높인 존재들이 모인 곳이 바로 올림포스라니 놀라운 일이다. 그럼 너희들은 고대 엘프들로부터 비롯된 존재들일 것이고, 불칸은 아마도 드워프로 비롯된 존재겠지?"

"호오, 그것까지 알아내다니 놀랍군요."

"어려운 것은 아니었다. 대차원의 주인이 창조의 씨앗을 뿌린 인류는 엘프와 드워프, 그리고 인간이었으니까. 마도학으로 이런 구조물을 만들 수 있는 존재는 드워프뿐이지, 아마?"

"호호호, 인과율 시스템에 접속할 수 있는 존재에게 비밀을 감춘다는 것은 정말 어려운 일이군요. 맞아요. 불칸은 세상에 남아 있는 유일한 드워프죠."

입은 웃고 있는데 눈빛은 싸늘하다.

'신화를 보면 헤파이스토스가 올림포스 내에서도 외톨이처럼 나오는데 뭔가 알력이 있는 것 같군.'

전해져 내려오는 신화가 전부 진실은 아니지만 거짓된 것도 아니다.

헤파이스토스가 헤라의 아들이라고 전해져 내려오는 데 지금 내가 보고 있는 헤라라면 절대 아니다. 헤파이스토스를 말할 때 그녀의 눈빛에는 경멸의 빛이 담겨 있었으니 말이다.

"나에게 원하는 것이 뭐지? 창조의 씨앗을 원하는 것이라면 쉽지 않다는 것을 알 텐데."

"알아요. 당신 품은 창조의 씨앗을 얻기 위해서는 내 존재를 걸어야 한다는 것을 말이죠. 하지만 내가 원하는 것은 저기에 새겨져 있던 마법진들이에요."

"당신도 마도학을 알고 있는 모양이군. 프리온에서 전해진 것으로는 충분하지 못했나?"

"으음."

'헤라가 불칸이라 불리는 헤파이스토스가 만들어 놓은 마도학의 마법진들을 원하는 이유가 뭘까?'

헤라의 신음을 들으며 마법진에 대한 의문이 생겼다.

신화에서 나오는 태초의 존재들에 대해서는 잘 알려져 있지 않다. 우리가 알고 있는 신들 대부분은 태초의 존재들이 낳거나 창조한 다음 세대들이다. 올림포스의 12신 또한 태초의 존재들에게서 비롯된 이들이다. 올림포스의 신족들은 자신들을 존재하게 한 이들과 싸워 신화를 만들었다.

헤파이스토스가 다른 존재로부터 대장장이의 기술을 배웠다고 전해지니, 마도학은 어쩌면 태초의 존재로부터 전해진 것일지도 모른다.

마법진을 혈정에 인식시키며 느낀 것이 하나 있다. 내가 만났던 가이아에게서 느껴지던 권능과 비슷하다는 것이다. 태초의 존재라고 할 수 있는 가이아와 말이다.

'태초의 존재들은 창조주가 뿌린 창조의 씨앗을 가장 먼저 싹 틔운 존재들이다. 수모에게 들은 것을 토대로 생각을 해보면 마도학은 태초의 존재들이 만든 것이 틀림없는 것 같다. 헤파이스토스는 그들로부터 마도학을 전수받았고.'

태초의 존재들이 만들어낸 마도학은 카오스와 밀접한 연관이 있다. 그들은 창조주에 의해 혼돈에서 탄생한 존재들이니 에테르를 기반으로 한다고 해도 카오스에 대해 가장 잘 알고 있었을 테니.

헤파이스토스는 헤라가 낳은 존재다.

불완전했기에 버려졌고, 그는 티탄족인 테티스에 의해 길러졌다. 마도학은 그때 전수되었을 것이다.

'으음, 이제야 알 것 같군.'

에테르와 카오스를 동시에 다룰 수 있는 존재조차 성공할 수 있다고 확신하지 못하고 있는 것이 분명했다. 헤라는 마도학을 이용해 카오스를 직접 융합시킬 모양이니 말이다.

'후후후, 흥정해 보는 것도 나쁘지는 않겠군.'

어차피 헤라의 바람이 헛된 일이기는 하지만 손해 볼 것은 없었다.

"어차피 내가 알아야 할 사항도 아니고, 좋아! 헤파이스토스가 남긴 마법진을 너에게 주면 내가 얻게 되는 것은 뭐지?"

"이것을 주도록 할 게요."

말이 끝남과 동시에 헤라의 가슴 앞쪽으로 칠색의 영롱한 광채가 빛을 발했다.

'엘리멘탈인가? 으음, 엘리멘탈이 아니라 속성의 정수로군. 그것도 에테르를 기반으로 하는.'

헤라가 내민 것은 태초부터 존재해 왔던 속성의 정수들이었다. 내 의식 세계에서 지금 세계를 관리하는 엘리멘탈들은 카오스를 기반으로 하는 속성의 정수들이다.

그에 반해 헤라가 내민 것은 에테르를 기반으로 하는 속성의 정수들로 융합된 에너지와 동기화하려면 필요한 것이었다.

"후후후. 나에게 필요한 것을 콕 찍어서 제시하다니 놀랍군. 좋다. 거래에 응하겠다."

스르르르.

헤라의 의지가 작동한 것인지 칠색의 영롱한 광채를 뿌리는 정수들이 나에게로 왔다. 내 앞에 당도한 정수들은 빨려 들어가듯 가슴을 지나 심장 속으로 사라졌다.

머리에 손을 대고 인식을 시키는 것이 가장 빠른 방법이지만 헤라가 허락할 리 없기에 손을 내밀었다.

"손을 다오."

"심장에 있는 근원에 새겨주면 좋겠네요."

"그러지."

헤라의 손을 잡고 내가 인식한 마법진들의 정보를 흘려 넣었다. 헤라의 내부로 들어간 마법진은 잠시 뒤에 그녀의 심장에 도착할 수 있었다.

"호호호, 내가 원하는 것이 맞는 것 같군요. 하지만 마법진에 담겨 있는 당신의 의지는 거두어 줬으면 좋겠네요."

"그러지."

마법진들 사이에 의지를 슬쩍 끼워놓았는데 헤라가 바로 알아차렸다. 곧바로 의지를 거두어들이자 마법진이 심장 속으로 빨려 들어갔다. 하얗게 빛나는 헤라의 피부가 붉게 변했다.

그녀의 눈동자에는 지금까지 볼 수 없었던 욕망이 타오르고 있었다.

탁!

마법진을 모두 인식하자 헤라는 쳐내듯 잡은 손을 쳐냈다.

"서로 필요한 것을 얻었으니 이제 거래는 끝났군요."

"그런 것 같군."

"운이 좋아 창조주의 의지를 얻은 것 같은데 앞으로 조심해야 할 거예요. 거래 때문에 가만히 있는 거지만 다음에 만날 때면 나도 어떻게 변할지 모르니 말이죠."

"후후후, 그러지."

팟!

마법진을 인식하게 된 헤라는 공간 이동을 통해 자신의 수하들과 자리를 떴다. 마도학을 통해 카오스를 다루게 됨으로서 공간 이동이 가능해진 것이다.

"후후후, 내가 두려웠나 보군."

에테르와 카오스가 융합되기 시작했기에 에테르를 기반으로 권능을 사용하는 헤라의 상태는 매우 불완전했다. 한마디로 권능을 제대로 사용할 수 없는 상태다.

헤라는 초월자인 수하들이 있기는 하지만 나를 상대할 수 없다는 것을 알기에 카오스를 사용할 수 있게 되자마자 곧장 자리를 뜬 것이다.

그렇게 헤라가 사라지고 난 뒤 미세하게 느껴지던 또 다른 존재감도 사라지는 것을 느꼈다.

"몰래 지켜보던 존재도 떠났군. 헤라를 따라왔을 텐데 그녀에게 들키지 않을 정도면 올림포스의 주신이라고 할 수 있는 제우스 정도뿐인데……."

제우스는 태초의 존재라고 할 수 있는 자신의 아버지를 끌어내리고 스스로 우뚝 선 존재다. 올림포스의 주인인 그가 쥐새끼처럼 숨어서 지켜보고 있었다니 무척이나 흥미로운 일이다.

"헤라는 마도학을 얻어 카오스를 다룰 수 있게 되었지만 제우스는 이전부터 알고 있었던 것이 틀림없는 것 같군. 공간 이동을 할 줄 아는 것을 보면 말이야."

세계의 변화가 시작되면서 공간 이동이 제한되었다. 에테르와 카오스를 동시에 다루지 못하는 존재는 원천적으로 불가능했다.

제우스의 형제들은 권속이 되면서 카오스가 뭔지에 대해 진실을 알게 되었을 테지만, 제우스는 예전부터 알고 있었을 확률이 무척 크다.

신화에 따르면 크로노스에게서 태어난 여섯의 존재 중 제우스가 막내였다. 위에 있는 다섯 형제가 아버지에게 삼켜진 상태에서 제우스가 이들을 구하고 전쟁에서 승리해 주신의 자리에올랐다고 전해진다.

'신화를 해석해 보면 삼켜졌다고 표현이 되어 있지만 아마도모든 것이 완전히 종속된 권속이 되었다는 의미일 것이다.'

헤라를 살펴본 바로는 크로노스에게서 태어난 여섯 형제는에테르를 기반으로 권능을 사용하는 것이 틀림없다. 카오스를기반으로 권능을 사용하는 크로노스가 자식들을 권속으로 삼은이유도 아마 그 때문일 것이다. 혼돈에 가까운 카오스가 정립된에테르에 의해 소멸을 맞을 것이기에 아예 권속으로 삼아버려야 했을 테니까.

'제우스는 자신의 존재를 지키기 위해 권속이 된 형제들을해방시켰을 테지. 티탄으로부터 카오스를 접한 상태라 그리 어

렵지는 않았을 테고. 그렇게 구한 뒤에는 난감했겠지.'

제우스는 아버지를 제거하기 위해 어쩔 수 없이 동맹과 비슷한 형태로 형제들의 힘을 빌렸을 것이 분명하다. 카오스를 알고 있다고는 하지만 혼자서는 무리였을 테니.

그리고 먼저 존재했기에 형제들의 권능은 제우스보다 영향력이 컸을 것이다. 그런 그들이 순수하게 제우스를 도와 위험을 감수할 일은 없었을 것이다.

'권속이 되어 카오스를 접하게 되면서 크로노스의 권능을 나눠 갖기를 바랐겠지. 그렇게 동맹을 맺은 후 티타노마키아라 불리는 거신족과의 전쟁에서 승리하기는 했지만 제우스는 아버지가 가지고 있던 권능을 형제들과 나눠가져야 했을 테지. 그렇지 않았다면 형제 간의 전쟁이 기다리고 있었을 테니까.'

신화를 살펴보면 올림포스의 신들은 매우 이기적이면서 인간적인 면모를 많이 갖고 있다. 정립된 에테르를 기반으로 카오스를 알았다는 뜻이다.

그리고 주신이면서도 제우스는 다섯 형제들을 마음대로 하지 못했다. 거신족과의 전쟁을 주도했기에 아버지인 크로노스의 권능 중 가장 많은 지분을 제우스가 차지했을 테지만 어쩔 수 없이 양보하는 부분도 있었을 것이다.

다른 형제들도 카오스를 일부나마 다룰 수 있게 되었을 테고, 시작이 처음부터 달랐을 것이기에 다른 형제들을 완벽하게 넘어설 수는 없었을 테니 말이다.

'신화에는 헤라를 아내로 삼았다고 하지만 실제로는 의지를 제어한 것이겠지. 그것도 불완전한 상태로 말이야. 이제 그것마저도 사라지고 없으니 모습을 드러내지 못하는 것일 테고. 모습을 드러냈다가는 다른 형제들에게 자신이 가진 모든 것을 빼앗길 테니까.'

올림포스의 존재들도 세상이 변하면서 변했을 것이다. 협력이 아닌 투쟁으로 말이다. 모든 것이 내 가정이기는 하지만 제우스가 카오스의 실체를 알고 있다면 거의 틀림없을 것이다.

'카오스를 접했다면 숨겨진 진실도 알게 되었을 것이다. 에테르와 카오스를 융합하면 다른 신격을 흡수할 수 있다는 것을 말이야.'

이제 모든 것이 원점으로 돌아간 상태다. 에테르와 카오스가 융합하기 시작했다. 에테르를 기반으로 하는 세상이 사라지고 새로운 세상이 도래한 것이다.

이제 카오스의 양이 많아졌으니 융합된 에너지를 사용할 수 있게 된 존재들이 나타날 것이다.

그리고 첫 번째 정화의 시기에 에테르와 카오스를 동시에 다루었던 존재들도 모습을 감춘 채 그런 존재들 사이에 나타날 것이고 말이다.

첫 번째 존재들은 융합된 에너지만 인식한다. 그에 반해 두 번째 존재들은 카오스와 에테르, 그리고 융합된 에너지를 모두 인식하기에 차이가 매우 크다.

세상을 움직이는 세 에너지를 모두 알기에 두 번째 존재는 나처럼 신격이나 권능을 흡수할 수 있다.

두 번째 존재일 가능성이 큰 제우스는 아마도 기회를 보고 있을 것이다. 다른 신격을 흡수해 새로운 존재로 거듭나기 위해서 말이다.

'그런 것은 제우스뿐만이 아니겠지.'

제우스와 헤라를 통해 확인했지만 가이아가 첫 번째 정화를 할 때도 루시퍼처럼 에테르와 카오스를 동시에 다룬 존재들이 상당 수 있었을 것이 확실하다.

그들은 가이아의 정화를 피해 세상 속에 숨었고, 지금까지 준비를 해왔을 것이다. 에테르와 카오스가 완전히 융합할 수 있도록 말이다.

그들이 주도했던 것과는 다르게 나로 인해 전혀 다른 형태로 에너지들이 융합하고, 세상이 변하기는 했지만 그토록 원하던 세상이 찾아왔으니 본격적으로 움직일 가능성이 높았다.

'일단 이것부터……'

역으로 된 피라미드를 회수하기로 했다. 자칫 다른 용도로 쓰일 수 있는 가능성이 있어서다.

그리고 무엇보다 재질 자체가 앞으로 내가 진행할 계획에 필요한 것이기도 했다.

피라미드에 손을 대고 심상을 확장한 후 새로운 공간을 형성했다. 아공간이 아니라 새로운 공간을 만든 것은 내 의지와 직접적으로 연결시키기 위해서다.

거대한 크기지만 내 공간속으로 들어가 완전히 사라지고 공동만 덩그러니 남았다.

'끝났군. 이제 엑스칼리버에서 만든 것만 확인을 하면 끝나는 건가? 어쩐지 거기도 여기와 마찬가지일 것 같은 생각이 드는데.'

엑스칼리버는 다른 이면 조직들과는 조금 다르다.

이면에서 세계를 지배하는 것은 맞지만 권능과 능력을 이용하는 다른 이면 조직과는 달리 엑스칼리버는 자신들이 가진 부를 적극적으로 활용한다.

엑스칼리버가 보유하고 있는 부가 얼마인지는 추측할 수조차 없다. 거기다가 권능과 능력까지 사용하니 일반적인 세계에서는 음모론의 주역이 되곤 했다.

엑스칼리버라는 이름이 나돈 적은 없지만 그들의 하부 조직인 프리메이슨이나 일루미나티, 십자 기사단은 종종 인구에 회자되곤 한다.

'부를 선점하고 그것을 이용해 자신의 목적을 채운다고는 하지만 엑스칼리버의 전력은 만만치 않다. 그들은 근세에 이르러 가장 많은 식민지를 건설한 곳이니까.'

제국주의의 시작과 더불어 영국은 해가 지지 않는 나라라고 불렸다. 세계 곳곳에 식민지를 건설했기 때문이다. 엑스칼리버의 능력자들 또한 여왕의 치세하에 시작된 식민지 건설에 적극

참여했다.

일반 세계의 영국인들이 부를 탐닉했다면 그들은 전 세계 곳곳에 산재한 신화를 수집했고, 이를 이용해 권능을 키웠다.

그리고 그 전력은 아직도 고스란히 남아 있었다.

'신화를 수집한 것이 에테르와 카오스가 융합되기를 기다렸던 것이라면 제일 위험할 것이다. 일단 대영박물관으로 가서 확인을 해보자.'

팟!

아주 느리게 움직이면서도 가장 큰 영향을 미치는 곳이 엑스칼리버지만, 지금은 가장 빠르게 움직이고 있을 가능성이 컸다. 벌써 신격을 흡수하기 시작했을 지도 모르기에 혈정을 만들었을 것이 유력한 대영박물관으로 향했다.

"으음."

공간을 열고 도착해 보니 세계의 곳곳의 유적과 유물을 간직하고 있는 대영박물관이 사라지고 없었다.

'남아 있는 것은 융합 에너지의 잔재뿐이다.'

불안한 예감은 틀리지 않았다.

남아 있는 에너지의 잔재가 엄청나다. 가히 세상 하나를 창조하고도 남을 정도가 대영박물관 주변에 남아 있다. 엑스칼리버는 자신들이 수집한 신화의 권능을 모두 흡수한 것이 분명했다.

'어디로 옮긴 것이지?'

수집한 신화 속의 권능들을 모두 흡수했다고는 하지만 아직 완전히 제어할 수 있는 것은 아니다. 세상의 변화가 아직 끝나지 않았기 때문이다.

'헤라나 제우스에게서 느꼈던 것과는 조금 다르군.'

남아 있는 에너지의 잔재에서 다른 느낌을 받았다. 제우스에게서는 에테르와 카오스가 약간 유리되어 있었는데, 대영박물관에 남아 있는 잔재에는 완전히 융합되어 있다는 느낌을 받았다.

'오딘이 주신인 에테르 기반의 에시르 신족과 뇨르드가 주신인 카오스 기반의 바니르 신족은 어쩌면 하나였을지도 모르겠군.'

세계의 대양을 처음 지배한 이는 바이킹이다. 아메리카를 제일 먼저 찾은 것도 바이킹일 정도로 그들은 세계 곳곳에 발자취를 남겼다. 바이킹의 신화에 나오는 최고위 신들은 에테르와 카오스를 떠나 알고 있었을 가능성이 아주 컸다.

'아홉 개의 세상이 세계수에 의해 연결되었다는 신화를 보면 이미 창조주의 세상에 대해 알고 있었을 확률이 높다. 세상 전체를 알고 있었다면 외계에 대해서 알았을 것이고, 어쩌면 카오스에 대해 제일 먼저 안 것이 이들일 수도 있겠군.'

오딘은 세상의 모든 지혜를 얻기 위해 자신의 눈까지 버린 존재다. 바니르 신족과의 전쟁에서 휴전 협정을 조인하기 위해 보냈던 지혜의 신 미미르가 살해당했을 때 그의 권능을 얻기 위해 자신의 눈을 버린 것이다.

오딘이 버린 것은 단순히 눈이 아니라 세계를 볼 수 있는 의지였다. 그의 이런 행동은 자신의 격을 낮추는 것이지만 그가 바친 눈의 대가가 어쩌면 카오스에 대한 진실이었을지도 모른다는 생각이 든다.

미미르는 오딘보다 더욱 지혜로웠고, 루시퍼처럼 에테르와 카오스를 넘나들 수 있는 존재였으니 말이다.

'어쩌면 오딘은 내 의도를 알고 있을지도 모르겠군.'

카오스의 진실을 알았다면 내가 세운 계획을 짐작했을 가능성이 아주 높다.

'자칫 새로운 혈정이 만들어 질 수도 있는 일이다.'

세상을 떠받칠 새로운 에너지 기반을 만든 것은 보통 사람들을 위해서다. 세계 안에 머물기 보다는 더 넓은 곳으로 나가기 위해 창조의 씨앗을 변화시키려고 그렇게 한 것이다.

만약 그런 계획을 알고 있다면 문제가 커진다. 혈정처럼 변화된 창조의 씨앗을 수집하려 할 테니 말이다.

제2장

창조주에 의해 인류에게 심어진 창조의 씨앗은 에테르를 기반으로 하는 세상에 뿌려졌다. 씨앗이 싹을 틔운다고 해도 카오스적인 존재들에게는 먹잇감일 뿐이다.

더군다나 에테르를 기반으로 격을 높인 존재들에게는 성가신 존재다. 자신의 권자를 위협하는 존재로 보일 테니 말이다.

그래서 스스로 지킬 수 있도록 씨앗을 변화시켰다.

씨앗이되 그 안쪽은 이미 작은 묘목으로 자라날 수 있도록 바꾸었다. 껍질만 깨면 변화된 세상에서 스스로를 지키며 성장할 수 있지만 지금은 아니다.

스스로 인식을 해야만 껍질이 깨지는데, 아직은 더 기다려야 한다. 세상의 모든 에테르와 카오스가 융합되는 순간 이루어지도록 했으니 말이다.

에너지가 하나로 통합되고 각성이라는 절차를 거쳐 자연스럽게 인식할 수 있도록 했으니 지금은 위험하다. 껍질이 깨지지 않으면 자신에게 그런 격이 있다는 것을 느끼지 못하니.

'자칫 기존의 씨앗처럼 혈정으로 만들어질 수도 있다.'

창조의 씨앗이 싹트면 혈정을 만드는 것은 불가능하다. 이미 격을 가지고 있기에 만드는 존재도 격을 소멸시킴으로 인해 타격을 입기 때문이다.

지금도 마찬가지다.

껍질이 깨진 상태라면 혈정을 만들려고 할 때 존재에 금이 가게 된다. 기회는 아직 껍질이 깨지지 않은 지금뿐이다.

'어쩌면 기존보다 더 쉬울 수도 있다.'

기존에는 혈정을 만들 때 인과율로 인해 조심스러웠을 테지만 지금은 그렇지 않다. 지금은 세상이 변화하는 중이라 인과율에 걸리지 않는다. 초월적인 존재들에게는 지금이 기회일 수도 있기에 빠르게 움직여야 했다.

'일단 러시아에 있는 것부터 회수해야 한다.'

엑스칼리버의 종적을 찾을 수 없는 지금, 미하일이 혈정을 만들어낸 곳을 찾아가 구조물을 회수해야 했다.

팟!

곧바로 공간을 열어 이동을 했다. 입구에 도착한 후 곧장 에너지를 흘려 넣어 잠금장치를 풀고 안으로 들어갔다.

'다행이다.'

거대한 구조물이 보인다. 미하일이 떠나기 전 그대로였기에 일단 안심이 되었다.

피라미드에 양손을 댔다.

차르르르!

파지지지직!

천공에서 사슬이 빠져나와 피라미드를 타고 흐르자 마법진들이 나타났다.

곧바로 인식하며 마법진의 형태를 살폈다. 독일에서 얻었던 것과는 조금 다른 형태의 마법진들이었다.

마법진을 인식한 후 만들어 놓은 공간 속으로 피라미드를 이동시켰다. 독일에서 이동시킨 것과 마찬가지로 이번에도 역의 형태가 아닌 정상적인 형태였다.

'이제 다카마가하라에서 만든 것을 회수하자.'

혈정을 만들었던 731부대의 비밀 근거지는 이미 할아버지로부터 들었다. 좌표는 이미 알고 있으니 이동하면 된다.

'누군가 먼저 움직이고 있군.'

좌표를 확인하자 강력한 에너지가 움직이는 것이 느껴졌다.

'그들이겠군.'

731부대의 비밀 근거지는 반고 일족이 그렇게 찾고자 했어도 찾지 못한 곳이다. 그런 곳에서 움직이고 있는 자들이라면 다카마가하라에서 온 자들뿐일 것이다.

팟!

공간을 열어 좌표로 향했다. 이동한 곳은 겨울철 고기잡이 축제로 유명한 차간호였다.

백색의 신성한 호수라는 뜻인 이곳은 독일과 마찬가지로 호수 지하에 731부대의 비밀 실험실이 존재했다.

면적이 400제곱킬로미터가 넘는 곳으로 중국의 10대 담수호에 들 만큼 큰 차간호의 지하에 비밀 실험기지를 만들다니, 다카마가하라도 대단한 이면 조직이다.

지하의 비밀 실험실은 갱도를 통해 안으로 들어가는 구조로 되어 있었는데, 일본의 패전과 동시에 갱도를 모두 무너트려 진입을 차단했다고 들었다.

호수 밑바닥 지하에서 움직이고 있는 존재들이 있는 것을 보면 별도의 통로가 존재하는 것이 틀림없었다.

차간호는 그리 깊지 않은 호수다. 평균 수심이 2미터 내외고, 깊어야 6미터밖에 되지 않는다. 호수에 비밀 통로를 만들었다면 금방 들킬 것이기에 제외하고 호안을 살폈다.

둘레가 무려 130킬로미터에 달하는 호수 주변을 살피면서 이상한 곳을 찾을 수 있었다. 다른 곳과는 달리 암반으로 구성된 지형이었는데, 묘한 기운이 흐르는 곳이었다.

공간을 이동해 도착하니 입구임을 알 수 있었다. 대략 10,000제곱미터에 달하는 평평한 암반은 흙으로 덮여 있었는데, 바위 자체가 기관으로 된 구조물이었다.

'으음, 별도의 출입구가 맞는 것 같군. 안으로 들어가려면 일단 구조부터 파악을 해야겠다.'

의지를 일으켜 구조물을 파악했다.

'으음, 기관의 외형인 암석을 제외하고 전부 지구의 것들이 아니다.'

기관 자체가 지구상의 물질로 만들어진 것이 아니다. 내가 조금 전에 느꼈던 기운도 기관을 구성하는 물질들에서 흘러나오는 것이었다.

'에테르와 카오스가 절묘하게 조화를 이루고 있다니……'

기관에 쓰인 물질들은 내가 속한 대차원의 다른 세상과 외계의 것이 분명했다. 기관을 만든 자는 에테르와 카오스의 균형을 정확하게 맞추어 기관을 만들었다.

'음양도를 응용해서 기관을 만든 것 같은데, 아무래도 제우스나 오딘 같은 존재가 다카마가하라에도 있었던 모양이군. '권능을 사용하지 않고도 물질만으로 이런 기관을 만들다니, 어쩌면 마도학의 정수가 이것일지도 모르겠구나.'

물질 자체를 의지에 따라 배치하여 원하는 것을 이끌어 내는 정도면 마도학의 정수라 할 만했다.

마법진이 의식적으로 권능을 만들어 낸다면 지금 보고 있는 것은 너무도 자연스러우니 말이다.

'다행스럽게도 별도의 결계가 쳐져 있지 않아 들어갈 방법을

찾을 수 있을 것 같지만 만만치는 않겠군.'

독일에서 보았던 결계를 능가하는 것이었다.

문이 열리는 것과 동시에 기관이 작동할 것이다. 만약 잘못된 방식으로 열게 된다면 초월자를 단숨에 소멸시킬 정도의 강력한 부비트랩이 깔린 함정도 함께 작동할 것이다.

'기관들의 부품들 자체가 하나하나 마도학에서 말하는 마법진의 축이다. 그렇다면……'

이곳을 만든 존재처럼 음양도에 통달한 존재가 에테르와 카오스를 동시에 다뤄 권능을 발휘할 때 기관이 열리게 된다.

통과하는 방법은 한 가지뿐이다. 이곳을 만든 자의 음양도를 알면 문을 열수가 있다. 권능인 음양도를 말이다.

기관의 구조와 마도학이 응용된 것을 확인하면서 목적을 유추해 나갔다.

두 에너지가 어떻게 작용하는지 살피는 동안 음양도를 기반으로 하는 권능이 어떤 것인지 알 수 있었다.

반대로 정과 반의 묘한 합으로 이루어진 기관을 살피면서 권능이 어떤 식으로 작동되는지도 유추할 수 있었다.

'흉내는 낼 수 있겠군.'

문을 열기 위해서는 에테르와 카오스를 동시에 내뿜어 흡수시켜야 한다. 정반으로 맞물린 기관을 움직일 수 있는 정확한 양으로 반대의 물질에 말이다.

반대되는 에너지를 정확하게 움직일 수 있는 양만큼 양쪽에 집어넣었다.

쿠르르르르르!

암반의 가운데에 커다란 금이 가더니 양쪽으로 천천히 갈라지며 계단이 나타났다. 지하의 비밀 실험실로 가는 통로가 열린 것이다.

'놈들도 움직이는군.'

통로가 열린 것을 알아차린 것인지 지하의 움직임이 부산해졌다.

파파파파파팟!

공간을 이동해 와 포위하는 자들이 보였다. 전신을 검은 천으로 둘둘 만 것 같은 복장을 한 자들이었다.

'닌자와 비슷한 복장이기는 하지만 닌자는 아닌 것 같고. 어둠의 존재들인가?'

포위하고 있는 자들은 눈속임의 기예로 암살하는 닌자는 절대 아니었다. 에테르라고는 하나도 가지고 있지 않은 존재들이었다. 내부에는 카오스가 가득했다.

'아무리 인과율이 투영되지 않고 있다고는 하지만 저런 상태로 존재할 수 있다니 예사로운 자들이 아니다.'

융합 에너지가 커지고 있어 에테르와 카오스의 융합이 가속화되고 있다. 순순한 카오스만으로는 절대 견딜 수 없는 상황이다. 당연히 소멸하고도 남을 상황에 견디고 있다니 의문이 아닐 수 없었다.

'으음, 카오스이기는 하지만 내가 알고 있는 외계의 것이 아니로군.'

내가 에테르와 카오스를 융합해 새로운 에너지를 만들었다면, 다카마가히리를 한 손에 쥔 존재도 마찬가지인 것 같다. 에테르와 카오스를 융합해 새로운 카오스를 만들어 내다니 말이다. 다카마가하라는 엑스칼리버만큼이나 위험할 것 같다.

번쩍!

예고도 없이 공격이 시작됐다.

둘러싸고 있는 검은 천이 섬광처럼 뻗어 나왔다. 내 존재 자체를 무로 돌리며 검은 천을 살폈다.

'저들을 둘러싼 천 자체가 권능이로군.'

전신을 둘러싸고 있는 천이 권능으로 만들어진 반물질이다.

초월의 영역에 들어선 후 육신을 탈피해 원영체로 존재하는 이들도 단번에 뚫어버릴 만큼 강력한 에너지를 지니고 있었다.

'동요하고 있군.'

나를 뚫고 지나갔음에도 아무렇지 않자 당황한 표정이 역력하다. 역장을 걸고 움직이지 못하게 한 후 공격을 했는데 아무런 변화가 없으니 그럴 만도 할 것이다.

공격이 당도하는 순간 역장을 걸었다. 나와 공격하는 자들을 감싸 안는 공허의 공간을 구성한 것이다. 공허는 그야말로 혼돈 이전의 상황을 구현한 것이라 아무것도 걸리는 것이 없다.

그야말로 완벽한 무!

공허를 펼쳐 지구에 있는 내 존재를 지웠으니 저들이 펼친 권능이 적용이 되지 않는 것이다.

에너지가 작용하지 않는 공허의 영역을 알지 못할 테니 당황할 만도 하다.

'이젠 네 차렌가?'

단 한 번의 공격이었지만 저들의 권능에 대해서 파악했다.

역장을 이용해 의지를 가두고, 진화된 카오스를 사용해 모든 것을 지워 버리는 권능이다.

저들은 자신들이 진화시킨 카오스를 제외한 모든 것을 쓸어 버리는 일종의 청소부나 마찬가지다.

'조금만 변형을 시키면 저들이 가진 카오스도 소멸시킬 수 있을 것 같군.'

공격이 이루어지는 동안 카피를 끝냈다. 저들의 권능을 흡수한 것이다.

약간만 변화시킨다면 쓸모가 많을 것 같다. 다른 에너지뿐만이 아니라, 자신이 가진 에너지까지 모든 것을 지워 버리는 권능이니.

슈―슈슈슈슈!

권능을 최대한 펼친 것인지 검은 천들이 풀려나와 온통 검은 장막이 드리워졌다. 완벽한 어둠이 찾아왔고, 나를 포위한 존재들은 암흑 속으로 녹아들었다.

이런 것과 비슷한 상황을 겪은 적이 있다. 흑운과의 대결에서다.

'흑운과 비슷하다면 어렵지 않게 처리할 수 있을 것 같군.'

저들이 가진 진화된 카오스는 의지에 따라 동화되거나 반발한다. 지금 이들은 동화를 택했다. 흑운에게 반격을 가했던 것처럼 나는 반발을 시키면 그만이다.

진화된 카오스에 반발의 의지를 실어 놓았다.

역으로 침투해 의지의 기반을 무력화시키기도 하겠지만, 강력한 충격파를 동반한 반발력이 전해질 것이다.

콰직!

콰지직!!

콰드드득!

주변에서 부서지는 소리가 연신 들린다. 공격하자마자 튀어 나온 반발력을 이기지 못하는 소리다.

암흑이 점차 사라진다. 사지가 제멋대로 뒤틀린 여섯 명의 인간이 기관 위에 널브러져 있다.

나를 공격하는 순간, 존재를 구성하는 의지가 타격을 받는 것과 동시에 반발로 일어나는 몇 천 배에 달하는 충격파를 이기지 못할 테니 당연한 결과다.

'끝이군.'

의식은 있지만 생존할 가능성은 없다. 진화된 카오스 에너지가 단번에 흐트러져 버렸고, 내가 심어 놓은 의지가 저들이 가진 에너지를 해체해 세상으로 되돌리고 있으니 잠시 후면 소멸할 것이다.

'미안하군. 날 만난 것이 잘못이다.'

소멸을 향해 가고 있음에도 의혹이 가득한 눈들이 나를 보고 있다. 무엇을 뜻하는지 모르지만 해명해 줄 생각은 없다.

'서둘러야겠군.'

지하에서의 움직임이 급박해지고 있는 것 같으니 빨리 움직여야 할 것 같다.

팟!

통로가 열리며 안쪽의 구조를 확실하게 인지하게 된 상태라 곧바로 공간을 넘었다.

역시나 거대한 공간에 꼭짓점이 아래로 향하는 피라미드 같은 구조물이 있었다.

'다르군.'

자세히 보니 지금까지 봐왔던 역 피라미드와는 다른 형태의 구조물이었다. 꼭짓점에서부터 위로 올라가는 면이 세 개뿐으로, 정사면체에 가까웠다.

그리고 세 개의 사면을 각각 마주 보고 있는 존재들이 있었다.

'모두가 대단한 격을 가진 존재다. 저들이 삼귀자라는 존재들인가?'

품고 있는 에너지 자체가 에테르와 카오스가 융합되어 있었다. 일본 신화의 창조신인 이자나기로부터 비롯된 존재들인 바로 삼귀자가 분명했다.

다카마가하라를 관장하는 주신이자 여신인 아마테라스, 밤의 지배자인 츠쿠요미, 바다와 폭풍을 관장하는 스사노오의 의지와 격을 가진 이들이었다.

저들은 태생부터 카오스를 품고 태어난 존재다.

불의 신을 낳다가 죽음의 강을 건넌 후 외계의 카오스를 접한 아내 이자나미를 뿌리친 존재가 이자나기다. 변해 버린 아내를 버리고 카오스로 오염된 자신의 몸을 정화하면서 탄생시킨 존재들이니 말이다.

'으음, 만만치 않군. 헤라나 제우스보다 더 진화한 것 같다.'

세상이 변하면 자신의 본 모습을 드러낸 세 존재의 격은 위협적일 정도로 강렬하다. 에테르와 카오스를 거의 완벽에 가까울 정도로 융합한 것 같다.

'육신은 절대 저들의 것이 아니다. 빙의한 것처럼 이렇게 인간의 육신을 이용해 이어온 것인가?'

세 존재와 의식에서 약간의 괴리감이 느껴진다. 본래의 육체가 아닌 것이 분명했다.

— 넌 누구지?

정체를 어느 정도 파악하는 순간, 정사면체를 바라보던 세 존재 중 나에게 사념을 보낸 이는 아마테라스였다.

— 나를 보면 항상 그렇게 묻더군. 내가 누구냐고 말이야.

— 아이야. 네 존재가 이상해서 묻는 것이다. 절대 존재해서는 안 되니 말이야.

— 너도 의지를 이어 온 존재인 것이냐?

— 으음, 나에 대해 알고 있는 모양이구나.

— 알다마다. 외계의 세 존재로부터 비롯된 일곱 세대와는 달리 에테르로 존재의 의지를 바꾼 이자나기가 자신을 오염시킨 카오스와 함께 마지막으로 털어내 잔재로 창조된 것이 너희들이라는 거 정도는 알고 있지.

내가 보낸 사념에 정사면체를 바라보던 세 존재의 시선이 나에게로 향했다.

— 후후후, 드디어 돌아온 모양이군. 창조주의 의지가 말이야.

밤의 지배자인 츠쿠요미가 사념을 보내왔다.

검은빛만 가득 찬 눈으로 나를 보는 츠쿠요미의 몸에서 스산한 기운이 번지기 시작했다.

바다와 폭풍을 관장하는 스사노오도 마찬가지였다. 광폭한 기운이 그의 몸에서 흘러나와 공동을 매우고 있었다.

번쩍!

강렬한 열기와 함께 눈이 멀 것 같은 섬광이 아마테라스로부터 터져 나왔다. 태양의 여신이라 부르는 이름답게 그녀에게서 터져 나온 섬광은 모든 것을 꿰뚫었다.

번쩍! 번쩍!

아마테라스가 뿜어낸 섬광은 연속해서 이어졌다.

레이저 빔이 반딧불로 느껴질 정도로 모든 것을 뚫어버리는 힘을 지니고 있는 아마테라스의 공격은 계속됐다.

'공간은 물론이 그 틈까지 전부 영향을 미치는 건가?'

단순한 공격이 아니다. 위상이 다른 공간에 구멍을 뚫어 모든 것을 관통하는 힘이다.

와르르르!

섬광이 닿는 순간 공허의 역장이 흔들렸다.

콰—드드드드득!

내 존재감이 드러나자 다른 공격이 시작되었다.

스사노오로부터 나온 푸른빛의 광폭한 기운이 거대한 폭풍이 되어 몰아쳤다.

'아마테라스가 상대의 역장에 틈을 내고 스사노오가 자신의 거친 기운으로 의지를 흩트리면…….'

아나나 다를까, 츠쿠요미가 가진 어둠의 기운이 은밀히 사방을 점거하며 옥죄여 오고 있었다.

'공허의 역장이 무너진 것이나 다름없는 이상, 이대로는 곤란하군.'

직접 부딪치지 않았는데도 에테르와 카오스가 융합된 에너지를 기반을 하는 것이라 내 존재를 뒤흔들고 있다. 세 존재의 협공은 아주 완벽에 가까웠고, 무척이나 강했지만 나 또한 만만치 않은 존재다.

'간다.'

역장을 풀며 아마테라스를 향해 나아갔다. 쇄도하는 스사노오와 츠쿠요미의 기운을 피한 후 아마테라스에게 다가갔다.

퍽!

진화된 카오스를 주입한 주먹을 그녀의 명치에 때려 넣었다. 놀라며 다가온 스사노오와 츠쿠요미의 명치에도 주먹을 내질렀다.

퍼퍽!

내 주먹에 타격을 입고 뒤로 물러나는 삼귀자가 한꺼번에 공격을 해왔다. 황금색과 청색, 그리고 백색의 에너지가 나를 향해 쏘아졌다.

콰드드득!

세 존재가 펼친 역장의 경계선을 따라 몸을 회피하자 공동의 바닥에 커다란 크레이터가 생겼다.

강렬한 충격파가 느껴진다. 융합된 에너지를 흘려 넣었는데도 별다른 타격을 받지 않은 것이 분명했다.

나와 비슷한 에너지 기반을 가지고 있었기에 타격을 주는 것이 미미했다.

세 존재를 제압할 방법은 하나뿐이다. 권능을 제한하고 본신의 힘을 사용해야 했다.

'셋 다 공허 속으로 끌어들이자.'

경계 사이를 오가며 공허의 역장을 확장했다.

갑자기 공허의 역장이 확장되자 당황하는 빛이 역력했다.

하지만 그것도 잠시였다. 모두 역장 속으로 끌려 들어오자 세 존재는 권능이 통하지 않는 공간이라는 것을 알고 있는 것처럼 지금까지와는 다르게 무기를 꺼내 들었다.

맞다. 공허의 역장 안에서는 권능을 사용할 수는 없다. 남은 것은 육신과 육신의 전투뿐이다.

'이미 알고 있었군.'

셋은 삼재를 형성하며 나를 포위한 채 가차 없이 공격을 해왔다. 아마테라스는 봉으로 연신 찔러 댔고, 스사노오는 거대한 도로 거침없이 베어왔다.

츠쿠요미는 공허의 역장 속에서도 모습을 감춘 채 순간순간 검을 찔러 댔다.

세 존재의 의지를 이어 받은 육체의 주인들 또한 상당한 수련을 거친 것이 분명했다.

나 또한 매영으로부터 비기를 전수받았다. 그동안 절대로 익힐 수 없다고 생각되어 봉인되었던 비기들이다.

퍼퍼퍽!

봉과 검과 도가 절묘하게 다가오는 틈을 따라 명치에 한 방씩 박아 넣었다.

타탓!

슈슈―슉!

쐐―애액!

타격도 받지 않은 모양이다. 잠시 움찔하더니 연이어 공격을 해온다.

여신 하나와 남신 둘이 이루는 조화는 정말이지 살벌했다. 공격 방향도 다르고 타격 지점도 다르게 시간차를 교묘히 두고 진행되는 공격은 가히 완벽할 정도다.

퍼퍼퍽!

퍼퍼퍼퍼퍼퍽!

공격 일변도의 세 존재의 사이를 파고들었다.

산발한 머리들을 풀풀 날리며 위치를 교차한 채 전해지는 공격을 곡예를 하듯 아슬아슬하게 피하며 반격했다.

어떤 자들은 한 놈만 팬다고 하지만 나는 한 곳만 팬다.

내가 목표로 하는 지점은 중단전이 자리하고 있는 명치다. 권능도 사용할 수 없고, 에너지를 쏠 수 없는데도 불구하고 명치를 공격하는 데는 이유가 있다.

삼귀자가 가진 격의 중심이 그곳에 있어서다.

셋은 이자나기로부터 태어나는 순간부터 에테르와 카오스를 가지고 있었다. 거대한 두 에너지로 인해 격이 처음 생성된 곳이 바로 중단전이다.

일종의 핵이라고 할 수 있다.

지금은 별다른 타격을 받고 있지 않지만, 가랑비에 옷이 젖는다는 말이 있다.

내가 한 공격으로 타격이 누적되면 저들이 가진 격에도 균열이 생길 것이기에 한 곳만 패고 있는 것이다.

'당혹스러운 모양이로군.'

쉬지 않고 공격을 해대는 삼귀자의 눈빛이 의혹으로 물들어 있었다. 자신들의 공격이 하나도 통하지 않으니 아마도 삼귀자는 미칠 지경일 것이다.

사실 공방이라고도 할 수 없는 전투다. 삼귀자가 펼치고 있는 것들에 대해 이미 환하게 알고 있으니 말이다.

매영의 비기는 권능을 발현하는 일종의 스킬로서 태초에 만들어진 것이다.

세상이 열리고 처음으로 격이 성장한 존재들이 만든 것들이어서 지구상에 존재하는 신화나 전설 속의 존재들이 펼치는 권능의 스킬의 근원이라고 할 수 있다.

삼귀자가 펼치는 전투술 역시 매영의 비기로부터 비롯된 것들이다. 내가 가진 것보다 조금 더 현란하고, 다양한 것들이 합쳐지기는 했지만 근본은 변하지 않았기에 이처럼 타격 없이 피할 수 있는 것이다.

공격을 주도하는 것은 삼귀자지만 타격을 입히는 것은 나뿐이다.

쐐—애애액!

퍼퍼퍽!

"큭."

"크윽."

"윽."

이제야 소식이 왔다. 명치를 맞자마자 인상을 찌푸리며 뒤로 물러선다. 지금까지와는 달리 충격을 느낀 모양이다.

'삼귀자는 그저 얼굴마담이나 마찬가지니…….'

세 존재는 내 진짜 적이 아니다. 다카마가하라를 지배하는 진짜 배후는 삼귀자가 아니니 말이다.

이자나기와 이자나미 이전에 태초의 삼신이라 일컬어지는 외계의 존재로부터 창조된 일곱 세대의 존재들이 진짜 주적이다.

일그러진 카오스와 에테르를 품고 있는 그들은 자신들과 비슷한 존재들과 이곳 대차원과 외계와 경계를 무너트리고 부족한 카오스를 흡수해 왔다.

삼귀자의 배후인 그들은 내가 회귀하기 전에 다른 존재들과 함께 세상의 변화를 촉발했다.

여의주를 얻어 승천하기를 기다리는 이무기처럼 카오스를 얻기 위해 자신의 존재를 감췄다.

나로 인해 저들이 원하는 것과 같이 세상이 변했다. 스스로 주도한 것은 아니지만 자신들이 원하는 대로 에테르와 카오스가 융합한 에너지가 기반이 되는 세상이 만들어지고 있으니 가만히 있지는 않을 것이다.

'조심스러운 놈들이지만 다른 신격들을 흡수하기 위해서 움직일 것이다. 먹이 냄새를 맡은 하이에나처럼.'

숨어 있는 배후에 비하면 삼귀자는 어린아이나 마찬가지다.

그럼에도 삼귀자를 먼저 내보낸 것은 세상이 어떻게 변했는지 살피기 위해서일 것이다.

위험하지 않다는 것을 알게 되었을 테니 조만간 모습을 드러낼 것이다.

자신의 격과 존재의 진화를 위해 사냥에 나설 테니 말이다.

'그나저나 저들부터 빨리 처리를 해야 할 것 같군.'

공허의 역장 안에 있는 동안 정사면체에서 변화가 일어나고 있었다.

삼귀자의 격에 균열이 생기면서 흘러나온 에너지 때문에 사면체에 새겨진 마법진들이 가동되기 시작한 것 같다.

공허의 역장을 거두었다.

"크아아아악."

"아아악."

"우우욱."

역장이 거두어지자 비명을 토해 낸다. 갈라진 격의 균열 사이로 에너지가 흘러나온 탓이다.

삼귀자는 필사적으로 균열을 막으려 했지만 소용이 없었다. 변화된 세상 속에 가득 찬 에너지가 흘러나오는 것보다 많이 빨려 들어가고 있는 탓이었다.

정사면체에서 황금빛 서광이 흘러나오며 마법진이 떠오르고 있었기에 곧바로 달려가 붙잡았다.

촤르르르르.

천곤에서 흘러나온 사슬이 정사면체를 감쌌고, 마법진을 빨아들여 심장으로 인도했다. 세상에 가득 찬 에너지들이 삼귀자를 장악해 가는 속도가 점점 빨라졌다.

"사, 살려줘. 아아아아악!"

"크아아악!"

"으아아악!"

참을 수 없는 고통의 비명이 연신 터져 나왔다.

삼귀자가 가진 격의 근원이 바뀌고 있으니 견딜 수 없는 고통이 옭아매고 있을 터였다.

아마테라스의 얼굴이 일그러지고 전신이 비틀리고 있었다. 츠쿠요미나 스사노오도 마찬가지였다.

"으으으으……."

비명을 지르기도 어려울 정도로 고통에 젖은 삼귀자는 어느새 바닥에 널브러진 채 신음만 흘려 댔다.

콰직!

콰드드득!

뼈가 뒤틀리고 근육이 뭉그러졌다.

삼귀자가 가지고 있던 근원의 에너지가 낱낱이 해체되어 새로운 존재로 거듭나고 있는 탓이었다.

고통으로 치켜 진 눈동자는 하얀 백태만 보였다.

신격을 가진 존재들이 다른 격을 가지게 되는 것이 쉬울 리없다.

'조금만 더하면 된다.'

배후에 있는 존재들을 끌어내기 위해서는 완전히 변화하기 전에 의지를 제압해야 한다. 첨병이나 마찬가지인 삼귀자가 새로운 존재로 완전히 거듭난다면 제압한다는 것은 불가능해지니 말이다.

'지금이다.'

균열이 메워지며 고통이 가라앉기 시작한 순간 삼귀자의 의식 속을 파고들었다.

— *너희는 지키는 존재! 세상은 모든 이의 것이 될 것이다.*

나를 따르게 하려고 의지를 제압하는 것이 아니다.

이제 껍질을 깨고 진짜 세상으로 나오게 될 이들을 지키도록 존재의 목적을 변화시키는 작업이었다.

백지처럼 지워진 삼귀자의 의지에 프로그램을 짜 넣듯 존재의 목적을 새겼다.

번쩍!

의지를 새기는 것이 끝나는 순간, 광휘와도 같은 빛이 삼귀자의 전신에서 흘러나왔다.

쳐다볼 수 없을 정도로 성스러운 빛이었다.

"끝났군."

이제 삼귀자는 전혀 다른 존재가 되었다.

다카마가하라를 배후에서 지배하는 존재들이 놀랄 것을 생각하니 재미있다.

이제 자신들이 내세운 꼭두각시들과 싸워야 할 테니 말이다.

'이제 반고가 가지고 있는 마도학의 잔재를 회수하면 준비는 끝이로군.'

지온, 엑스칼리버, 블리자드, 그리고 다카마가하라가 가지고 있는 마도학의 잔재들을 모두 회수 했다. 남아 있는 것은 반고가 김윤일에게 준 혈정을 만든 것뿐이다.

그것만 회수하면 새로운 세상을 열 모든 준비가 끝난다.

'빨리 찾은 후 연미에게 가자. 기다리고 있을 테니.'

반고의 일족이 가진 것을 회수하고 나면 가족들과 함께 있을 생각이다.

이제 머지않았으니 서둘러야 한다.

반고의 일족이 만든 것이 어디에 있는지 아직까지 탐지가 되지는 않지만 회귀 전의 기억대로라면 찾을 방법이 있다.

반고의 일족을 다스리는 존재가 전면에 내세운 존재를 찾아야 할 것 같다.

아마테라스의 격을 품고 있는 아사코는 정신을 차린 후 바닥에서 일어나며 달라진 자신의 몸을 확인했다.

"성공한 모양이다."

아사코가 깨어난 것처럼 츠쿠요미의 격을 간직한 스기하라와 스사노오를 품고 있는 가네다도 깨어났다.

"으음, 성공한 건가?"

"그런 것 같다."

자신의 가슴을 쓸어내리는 스기하라의 중얼거림에 가네다가 진중한 어조로 말을 받았다.

"이제 균형이 맞춰진 것 같아 다행이에요."

"네 말을 믿지 않았는데 사실이었다니 미안하다."

가네다와는 달리 이곳에 오는 것을 반대했던 스기하라가 고개를 숙여 사과를 했다. 상부의 명령으로 오기는 했지만 실패를 생각했던 그로서도 이렇게 성공할 줄 몰랐던 것이다.

세 사람은 세상이 변화하기 시작한 후 자신들의 격도 성장하기 시작했지만 불완전하다는 것을 깨달을 수 있었다.

완전해질 방법을 찾던 중 다카마가하라를 지배하는 원로원에서 연락이 왔다. 이곳에 자신들이 완전해질 수 있는 방법이 있다는 것과, 그것을 얻는 방법이었다.

사실 세 사람은 이곳을 알고 있었다.

창조주가 남긴 흔적을 모아 새로운 존재로 거듭나기 위해 실험이 행해졌던 곳이라는 것을 이미 알고 있었다. 알고 있음에도 찾아오지 않았던 것은 이유가 있었다.

자신들이 가지고 있는 상반된 두 가지 기운이 간신히 균형을 이루고 있었다. 진짜는 빠져나간 상태에서 남아 있는 잔재를 받아들이게 되면 균형이 무너져 버린다.

자신들로서는 절대 제어할 수 없기에 소멸한다는 너무도 잘 알고 있었기에 모른 척 했을 뿐이었다.

자신들에게 너무 위험하다는 것을 잘 알고 있었으면서도 여기 온 것은 이유가 있었다. 다카마가하라의 진정한 지배자인 원로들이 내린 명령 때문이었다.

세상에 변화가 생겼다는 것을 알고 있었지만 대외적으로 다카마가하라를 대표하는 자신들을 이곳으로 보낼 줄은 예상하지 못했기에 따라야만 했다.

주신의 격을 가진 자신들이지만 절대로 거역할 수 없는 존재들이었기 때문이었다.

위기라고 생각했는데 기회였다. 어쩔 수 없이 실패를 예상하면서도 시도를 했는데 성공을 했다. 남아 있는 잔재를 받아들이고 완전한 상태로 거듭났다.

"이제 그 괴물들을 상대할 힘을 얻었으니 계획대로 실행을 해야 해요."

"그래야겠지. 그 미친 늙은이들이 일본을 패망으로 이끌고 있으니 말이야."

스기하라도 아사코의 의견에 동의했다. 괴물들은 자신들만 아는 존재들이었다. 대차원을 만든 창조주를 넘어서기 위해 모든 것을 희생할 정도로 미친 존재들이다.

"그럼 이곳은 어떻게 하지?"

스사노오가 말했다.

"어차피 이제는 쓸모가 없는 곳이에요. 하지만 만약의 경우도 있으니 입구를 폐쇄해 버려야겠어요."

"그 괴물들에게는 소용이 없을 텐데?"

"스사노오, 이제 저는 완벽한 아마테라스의 격을 가졌어요. 당신도 마찬가지고 츠쿠요미도 완벽해 졌어요. 우리가 의지를 일으켜 결계를 치면 그 괴물들도 이곳을 어쩔 수 없어요."

"그렇기는 하겠군. 이곳을 폐쇄하도록 하지."

스사노오의 격을 가진 가네다의 대답에 아사코가 미소를 지었다.

"이제 나가요."

"그러지."

파파팟!

세 사람은 서둘러 공간 이동을 했다.

이곳에 올 때까지만 해도 불가능했는데 완벽해진 상태라 전보다 말끔하게 성공을 했다.

"아마테라스 다음에 츠쿠요미, 그리고 마지막으로 스사노오의 권능을 불어넣기로 한다."

"그게 좋겠군."

츠쿠요미의 화신인 스기하라가 찬성을 하자 아사코도 고개를 끄덕였다.

세 사람은 기관의 중심에 자신들의 권능을 순차적으로 불어넣었다.

에테르와 카오스가 완벽한 균형을 찾은 덕분에 결계는 손쉽게 만들어졌다.

"굉장하군요."

"이 정도면 괴물들도 접근할 수 없을 것이다."

가네다가 자신하듯 말했다.

"그럼 가도록 하죠."

"그러지."

스르르르.

세 사람의 모습이 지상에서 사라졌다. 공간 이동을 통해 일본 열도의 안가로 향한 것이었다.

ㅊㅊㅊㅊㅊ!

아무도 없는 공간 안에 변화가 생겨난 것은 세 사람이 일본으로 넘어간 직후였다.

정사면체에서 검은 기류가 흘러나오던 공동 전체를 감쌌다.

휩쓸 듯이 공동 안에 가득 찼던 기운들이 다시금 구조물 안으로 들어갔고, 또 다른 변화가 시작이 되었다.

멀쩡하게 유지되던 정사면체의 구조물이 희미해지며 공동 안에서 사라지고 있었다.

삼귀자보다 먼저 자리를 떠났던 차훈의 의지에 따라 새롭게 만들어진 공간으로 이동한 것이었다.

이러한 공동의 변화를 알지 못하고, 일본으로 건너간 세 사람은 공간을 열자마자 자신들을 기다리고 있던 존재들을 볼 수 있었다.

후지산 중턱에 위치한 비밀의 신궁 안에서 기다리고 있는 이들은 다카마가하라를 실질적으로 움직이는 원로들이었다.

― 클클클! 신태가 변한 것을 보니 원하던 것을 얻은 모양이외다. 삼신주.

의식이 하나로 묶여 집단 사고를 하는 원로들의 의지가 사념으로 세 사람에게 흘러들었다.

"원로들 덕분에 격을 높일 수 있었던 것 같네요."

아마테라스의 격을 가지고 있는 아사코가 고개를 숙여 감사하자 츠쿠요미와 스사노오의 격을 가진 스기하라와 가네다도 고개를 숙였다.

"다카마가하라의 광휘가 세상에 드리울 날이 머지않은 것 같아요."

― 클클클! 세상이 변하고 있어 걱정했는데 삼신주가 본래의 힘을 되찾은 것 같아 안심이 되오. 천신의 축제를 여는데 문제가 없을 듯하니 말이오.

"날을 잡은 후 각 신궁에 연락을 취해야 할 것 같은데, 원로들의 생각은 어떠하신지 궁금하네요."

― 심신주가 정하면 그대로 따를까 하오.

"그러시다면 앞으로 십 일 후에 천신의 축제를 여는 것으로 하지요."

― 열도를 나가 있는 아해들도 와야 하니 그 시간이면 충분할

것 같으니 그리하기로 합시다.

"알았어요. 그럼 연락을 취하도록 하지요."

— 천신의 축제를 여는 준비는 우리가 할 테니 삼신주께서는 좀 쉬도록 하오.

"배려에 감사드리고 싶네요. 원로들께서 수고해 주신다면 축제가 차질 없이 준비될 것 같으니 우리는 좀 쉬도록 할 게요."

— 클클클! 걱정하지 마시게.

아사코가 고개를 숙여 다시 한 번 감사를 표한 뒤 장내를 빠져나갔다.

천천히 뒤로 세 걸음 물러선 후 신형을 돌려 신궁을 빠져나가는 세 사람을 향해 원로들의 시선이 집중되었다.

아사코를 비롯한 삼귀자가 신궁을 나선 후 공간 이동을 통해 각자의 거처로 돌아갔다는 것을 확인한 원로들은 집단 사고를 하던 의지들을 분리시켰다.

— 어떻게들 생각하나?

— 삼신주는 예상보다 훌륭하게 완성이 된 것 같군. 천신의 축제를 열어도 버텨줄 것 같으니 말이야.

— 이번에는 성공할 것 같으니 다들 준비들 하시게.

— 후후후, 그래야겠지.

— 새로운 세상의 문을 여는 일이네. 실수가 없어야 하니 다들 마무리를 잘 하시게나.

— 그럼 축제일에 보도록 하지.

마지막 사념을 끝으로 묘한 대화가 끝이 났다. 어느새 신궁 안에 드리워졌던 존재감이 사라졌다.

덩그러니 남아 있는 14개의 위패만이 방금 전의 상황을 기억할 뿐이었다.

제3장

3

내가 다음에 간 곳은 중국의 단강구다.

한족(漢族)이 화하족(華夏族)과 합쳐지기 전에 발원한 곳이다. 단당구에는 한수(漢水)라는 강이 흐르고 있는데, 한족이라는 이름은 바로 이 한수에서 따온 것이다.

중국의 고대 역사로부터 등장하는 화하족은 염황의 자손이라 일컬어진다. 염제와 황제의 자손이라는 뜻이다.

사실 한족은 반고의 후손들이다. 훗날 염황의 자손이라 일컬어지는 화하족과 합쳐진 후 진짜 모습을 감췄다.

지금은 화하족이라는 명칭이 사라지고 한족이라는 명칭으로 불리는 이유는 청이 멸망한 후 반고의 일족이 중국 대륙의 이면을 지배하면서부터다.

청의 지배 계층인 만주족은 본래 쥬신의 한 갈래였다. 오랜 이면 세계의 전쟁에서 쥬신의 일족이 패배한 후 반고의 일족이 전면에 등장한 후 회히리는 이름은 사라지고 이제 한족이라는 이름만 남은 것이다.

반고의 후예인 한족이 중국 대륙을 차지한 시기는 매우 짧다. 하나라, 한나라, 당나라, 송나라, 명나라 등을 제외한 시기는 대부분 쥬신의 일족들이 중국 땅을 다스렸다.

중국의 역사는 항상 그래왔다. 한족과 쥬신의 일족이 번갈아 지배하는 도전과 응전의 역사였다.

반고의 후예들은 가잔바 순수한 힘으로 중국 대륙을 제패한 쥬신의 일족들과는 달랐다. 어둠 속에서 힘을 기르며 쥬신 일족이 스스로 무너지게 하는 방법으로 중국을 제패했다.

그나마 시조라 일컬어지는 황제 헌원만이 치우와 대결을 벌였지만, 그것도 협잡이 있었다. 뒤로 손을 써 쥬신의 법술을 빼내 이긴 것이지 순수한 힘으로 붙었다면 절대 이길 수 없던 상태였다.

반고의 후예들이 이런 방법을 쓴 것은 에테르 기반의 이 세상에서 제대로 된 힘을 발휘할 수 없었기 때문이다.

에테르를 기반으로 격을 높이고 권능을 얻은 이들을 카오스로 오염시켜 스스로 무너지게끔 하는 것이 반고의 후예들이 할 수 있는 최선의 방법이었던 것이다.

단강구는 반고의 후예들이 기원한 곳 중 하나다. 내가 주목하고 있는 곳은 단강구의 서남쪽에 있는 무당이다.

명나라가 대륙의 패권을 차지한 후 성세를 이룬 무당파의 이면에 반고의 후예들이 있을 것 같았기 때문이다.

단강구에서 바라본 무당산은 지금 카오스가 가득하다.

어느 곳에서 반고의 일족이 남긴 흔적을 찾을지 몰라서 제일봉인 천주봉으로 공간을 열어 움직였다.

'역시, 무당산의 도관들보다 역사가 오래된 유적들이 곳곳에 산재해 있군. 일단 카오스가 제일 많이 분포된 곳이 어디인지 살펴보자.'

천주봉에서 바라보며 카오스를 점검 했지만 농도가 비슷비슷했다. 도교와 관련한 건축군에도 카오스가 가득했지만 그저 흔적만 남은 곳도 마찬가지였다.

'도관 같은 곳에는 향화객이 많아서 비밀 공간 같은 흔적을 남기지는 않았을 테니……'

향을 피워 참배하는 사람이 많아 도관들은 제외했다. 흔적만 남은 유적지에 반고 일족의 흔적이 있을 가능성이 높았다.

무당산은 무당파로 인해 널리 알려졌지만 도관을 제외한 고대 유적에 대해서는 잘 알려져 있지 않다. 반고의 후예들과 밀접한 관계가 있어 일부러 감추어 왔기 때문일 것이다.

'젠이 없는 것이 아쉽군.'

인과율 시스템이 제대로 작동하기 시작한 탓에 인과율에 영향을 받을 까봐 능력을 전부 개방하는 것이 힘들다.

젠이 있으면 인과율을 쉽게 빗겨갈 수 있겠지만 카오스와 연관이 있을 것으로 보여 소통을 끊은 상태라 정밀하게 알아보는 것이 힘들다.

'직접 뒤져 보는 것이 낫겠군.'

젠에 대한 아쉬움을 삼키고 흔적만 남은 유적지를 직접 뒤지기로 했다.

'응?'

무당산의 도관에 이어 고대 유적의 흔적 중에 가장 확률이 높은 곳을 찾다가 이상한 점을 발견했다.

'카오스가 흐르고 있군.'

무당산에 가득 찬 카오스에 가려져 잘 느껴지지 않았던 어떤 흐름이 잡혔다.

아주 가늘었고, 은밀히 흐르고 있어 잘 느껴지지 않지만 세상이 변하면서 융합되고 있는 것과는 다른 형태의 카오스였다.

'저기로 흐르는 건가?'

카오스의 일부가 흘러 동북쪽으로 가고 있었다. 그렇게 흐르던 카오스가 어느 순간 사라졌는데, 단강구에 있는 호수 근처였다.

'저기로군.'

양쪽의 거대한 호수를 이용해 발전을 하는 댐으로 카오스가 흐르는 것을 확인했기에 다시 단강구로 이동을 했다.

한강을 가로막고 만들어진 단강구 댐으로 흘러들던 카오스를 확인했다.

처음 단강구에 도착했을 때 느끼지 못했을 정도로 은밀한 카오스의 흐름이었다. 무당산 부터 거슬러 오지 않았다면 절대 알 수 없는 흐름이었다.

'저곳으로 카오스가 흘러들어가는 순간 완전히 감춰지는 것을 보면 확실하다.'

주의를 기울여 지하를 살폈다.

'뭔가 있군.'

댐으로 위장된 뭔가가 지하에 있었다. 하지만 뭔가 감각을 방해하고 있어 구조물의 형태는 확인이 되지 않았다.

'구조를 파악할 수 없고, 카오스가 흘러들고 있었는데 어디로 빠져나간 흔적이 하나도 없는 것을 보면 분명히 뭔가가 있다.'

회귀하기 전에 얻었던 정보 중에서 단강구 댐에 대한 정보를 기억해 내려 애를 썼다.

'그렇군.'

단강구 댐은 남수북조공정에 따라 댐에 저장된 물을 베이징까지 보내기 위해 만들어진 곳이다.

하지만 실패한 사업이다. 실제로 한수는 북수에 속했고, 유역의 수량도 편차가 심해 안정적으로 베이징에 물을 공급할 수 없었기 때문이다.

'실효성도 없고 흘러들던 카오스가 감쪽같이 사라진 것을 보면 남수북조공정은 허울뿐인 사업이다.'

말도 되지 않는 사업을 진행한 것은 이유가 있을 것이다. 그리고 그 이유는 혈정을 얻기 위한 것이 분명하다.

'따라가 보자.'

남수북조공정에 따라 만들어진 운하를 따라 이동했다. 중간중간 지하를 확인하느라 쉽지 않은 여정이었다. 감각으로 지하를 확인하고 내 인지를 벗어나는 구조물을 확인해야 했기 때문이었다.

그렇게 모습을 감춘 채 베이징 근처까지 왔을 때 하루가 꼬박 걸렸다.

'무식하군. 단강구 댐에서 여기까지 운하를 1,200킬로미터나 파다니 말이야.'

모택동의 한마디로부터 시작된, 처음 계획부터가 잘못된 밀어붙이기식 공정이나 다름없었다.

폭이 50미터나 되는 운하다. 최단 거리로 운하를 만든 탓에 환경은 전혀 생각하지 않았다.

운하로 인하 지역의 단절로 인해 환경이 파괴되어 생태계가 변하고 있었기에 좋게만 볼 수 없었다.

'그나저나 골치 아프게 됐군.'

내 감각에도 인식이 되지 않는 지하구조물이 베이징 가까이 오자 아홉 갈래로 분기한 후 베이징 곳곳으로 퍼져나갔다.

더군다나 아홉 갈래의 줄기가 어느 정도 뻗어나간 후 각각 다시 아홉 갈래로 갈라졌고, 그런 분기점이 모두 아홉 개였다.

한마디로 베이징 전체가 구조물로 깔려 있는 형국이다.

베이징은 중국의 수도다.

명나라의 연왕 주태가 건문제를 폐하고 자신의 근거지였던 북평을 수도로 정한 후 청나라에 이어 중국까지 수도가 위치한 곳이다.

　지금에 와서는 인구가 1,200만 명에 가까운 도시답게 온갖 사람들이 북적거리고 있었다.

　'세상이 변화하면서 새로운 씨앗을 가지게 된 일반인들은 지금 움직임을 자제하고 있는데 북경은 그렇지 않군.'

　지하구조물이 북경 전역에 거미줄처럼 깔려 있으니 도시 위에 살고 있는 이들이 모두 관련이 있을 가능성이 높았다. 확인을 할 필요가 있었다.

　'으음, 이번에 각성을 한 일반인들은 거의 없군. 회귀 전에 들을 정보와는 완전히 다르다.'

　베이징에 있는 인구 대부분이 일반인이 아니었다. 이능 정도는 아니더라도 미세한 능력은 대부분 가지고 있었다.

　더군다나 일정한 권역을 중심으로 나뉘어 있었는데 모두 아홉이나 되었다.

　나뉜 권역은 자금성을 중심으로 여덟 군데로, 모두 아홉 군데였다.

　'그냥 경계를 나누지는 않았을 테니……'

　생각한 대로였다. 자세히 관찰하지 않으면 느낄 수 없는 존재들이 있었다.

　경계가 지어지지 않았다면 무심코 지나쳤을 만큼 존재감이 미약하지만 강력한 권능을 가진 아홉 존재들이 무리의 중심에 있었다.

'내 감각을 회피할 정도라면 다들 만만치 않은 존재들이다.'

무리 속에 섞여 자신을 드러내지 않는 존재들이었다. 한둘도 아니고, 아홉이나 되는 이들이라 쉽지만은 않을 것 같다.

'그나저나 재미있군.'

알게 모르게 베이징 전역에 팽팽한 긴장감이 맴돌고 있었다. 서로 대치하고 있는 모양새가 분명했다.

경계를 짓고 무리 중 수가 가장 적은 곳은 자금성이었다. 그래도 무시할 수 없는 것이 숫자는 적지만 능력의 질로 따지자면 상당히 강한 자들이 포진하고 있었다.

'으음, 팽팽하게 대치하는 상황인 것을 보면 저들 사이에 불화가 있는 것 같은데. 자금성하고 관련이 있는 건가?'

여덟 세력이 포진하고 있는 형국이었다. 반고의 후예들 사이에 문제가 있는 것 같다.

'계속해서 갈라졌던 구조물들이 마지막에 자금성 지하에 교차하며 모이는 것을 보면 저곳이 내가 찾는 곳 같은데……'

들어가서 확인을 해야 할 것 같다. 자금성 안의 상황을 확인하자면 직접 들어가야 했기에 정보를 얻을 필요가 있었다.

'으음, 저자가 좋겠군.'

마침 자금성에서 나와 은밀히 움직이는 존재가 보였다.

초월자의 영역을 넘은 격을 가진 존재라 내부의 상황을 알아보기에는 적합한 상대였다.

무림맹주로 알려진 허창화는 자금성 깊은 곳에서 지금 고심에 빠져 있었다. 자신들이 계획한 것과는 달리 상황이 급박하게 돌아가고 있었기 때문이었다.

　'반고의 유진을 얻기 위해 천제께서 너무 욕심을 부렸다. 팔황을 거두는 것이 아니었는데……'

　반고의 후예 중 정통은 천제였다. 시베리아에서 일어난 대폭발 직후 천제의 권능이 되살아났다.

　그러나 완전한 각성이 아니었다.

　중원을 지배하고 있는 팔황을 감당하기에는 무리가 있기에 차선의 선택을 했다.

　반고의 유진을 빌미로 천하에 퍼진 팔황을 불러 모았고, 베이징에 대역사를 시작했다.

　10여 년 전까지 모든 것이 잘 진행되었다.

　무림맹이 만들어져 이면 조직들의 이목을 가리고, 치열한 내전 끝에 전면에 내세운 사회주의 정부를 통해 필요한 모든 것을 조달할 수 있었다.

　혈정을 만들기 위한 인간의 피도 문화혁명이라는 전대미문의 정치 선동을 통해 확보했다.

　그렇게 대역사가 끝난 후 반고의 유진을 얻을 줄 알았지만 실패였다.

엄청난 자금과 노력이 든 대역사였지만 혈정을 만들어야 할 구조물이 작동을 하지 않았던 것이다.

계획이 실패하자 팔황은 천제의 약속이 거짓이라 몰아붙였다. 반고의 권능 중 일부를 자신들에게 주겠다는 언약이 지켜지지 않았으니 그럴 만도 했다.

'하지만 그것은 팔황의 기만에 지나지 않았지. 팔황은 대역사가 완성되는 순간 이미 모든 것을 얻었으니 말이야.'

대역사가 진행되는 동안 팔황은 반고의 유진에 버금가는 권능을 얻었다. 팔황은 중국 대륙에 존재하는 민족들의 집합이었고, 자신들에게 내려오던 신화 속의 권능을 얻었다.

'아홉 조각으로 나뉘어 지금까지 유지되어 왔지만 이제부터는 아니다.'

한낱 반고의 노예에 지나지 않았던 팔황 후예들은 힘없는 주인을 정점에 앉혀놓고 자신들의 뜻대로 모든 것을 진행했다.

정국을 주도하는 것은 물론이고, 천제를 압박하며 자신들의 세력을 키워나갔다.

천제를 모시는 허창화로서는 울화통이 치밀었지만 어쩔 수가 없었다.

팔황들이 가진 권능의 크기가 이미 천제와 비슷해진 상태라 선불리 움직일 수 없었던 것이다.

'조금만 더 유지됐어도 이렇게 곤란하지 않았을 텐데…….'

팔황이 알고 있는 것들과 실제는 전혀 달랐다.

반고의 유진을 얻기 위해 필요한 혈정은 이미 오래 전에 만들어졌고, 숙성을 위해 김윤일에게 전해졌기 때문이다.

'혈정을 만드느라 천제께서 그리되지만 않았다면 놈들을 벌써 징치했을 텐데 그것이 갑자기 다시 활성화되다니. 그렇지 않았다면 시간을 좀 더 벌 수 있었을 텐데 골치 아프군.'

대역사가 완성이 되기는 했지만 천제는 반고의 유진을 얻을 수 있는 상태가 아니었다.

혈정을 만드느라 에테르와 카오스의 균형이 흐트러져 존재의 격에 타격을 입었고, 만들어지기는 했지만 혈정 또한 불안정해 흡수할 수 없었던 것이다.

김윤일에게 건네준 혈정이 숙성이 되면 모든 것을 본래의 상태로 되돌릴 수 있었다. 천제가 혈정을 흡수한 후 권능을 온전히 되찾는다면 팔황을 응징하는 것은 손쉬운 일이었다.

모든 것을 비밀리에 준비를 해오고 있었는데 변화가 생긴 것은 얼마 전이었다. 세상의 기운이 변한 후 팔황이 실패작이라고 생각하게 만들었던 구조물이 작동할 기미를 보여 버린 것이다.

그것은 허창화로서도 의외였다. 이미 혈정이 만들어져 용도가 다한 구조물이었기 때문이었다.

구조물의 변화로 이상한 낌새를 알아차린 팔황이 천제를 압박하기 시작했다. 자금성을 포위하듯 감싸고 약속대로 반고의 유진을 나누기를 요구하기 시작한 것이다.

'대역사를 통해 팔황이 권능을 키우는 것을 알면서도 우리가 그대로 진행한 것이 천제께 이상이 생겼기 때문임을 놈들은 모를 것이다. 뭔가 낌새가 이상하다는 것을 알아차리고 그런 요구를 했겠지만 혈정이 이미 오래 전에 만들어져 활성화되고 있다는 것은 생각하지도 못하고 있을 것이다.'

허창화가 이렇게 비밀리에 나서는 것도 팔황이 상황을 정확하게 인지하지 못했다는 확신 때문이었다.

김윤일로부터 혈정을 회수한다면 모든 것이 본래 계획대로 돌아가는 것이었다.

'김윤일이 움직이기 본격적으로 시작했으니 혈정의 숙성이 끝났을 것이다. 이제 되찾아 오기만 하면 끝난다.'

대륙 천안으로부터 김윤일이 움직이기 시작했다는 보고를 받았다. 기다리던 때가 왔기에 허창화는 본격적으로 움직이기로 했다.

허창화는 팔황과 세상의 이목을 속이기 위해 그동안 자신이 써왔던 가피를 벗었다. 무림맹주로 알려진 것과는 전혀 다른 존재감이 그에게서 흘러나왔다.

허창화의 주변으로 알 수 없는 기운이 흘러나와 장막처럼 감쌌다. 주변을 포위하고 있는 팔황으로부터 자신의 존재를 감추기 위해서였다.

장막을 펼쳐 존재감을 감춘 것도 모자라 은잠한 채 자금성을 나섰다. 베이징을 빠져나가는 데까지는 문제가 없었다.

'응?'

모습을 감춘 채 인적이 드문 곳을 따라 아주 빠른 속도로 한반도를 향해 움직이던 허창화는 위화감을 느꼈다.

'으음, 벌써 감시가 붙다니. 내가 너무 경솔했구나.'

움직이는 것을 알아차리지 못하도록 시선을 돌리기 위해 총사인 헌원호가 허위 정보를 퍼트렸다.

더군다나 자신이 가진 본신의 능력을 사용해 존재감을 감췄는데도 불구하고 들켜버린 탓에 허창화의 마음이 무거워졌다. 예상보다 팔황의 전력이 상당했기 때문이었다.

'그래도 한 놈뿐이다.'

다행스럽게도 자신을 은밀히 따르는 존재는 하나뿐이었다.

'다행이군.'

기운을 풀어 다시 한 번 확인을 했지만 자신을 따르는 존재가 한 명밖에 없었다.

'은신이나 실력에 자신이 있어서 그런 것인지 몰라도 네놈은 실수한 것이다.'

팔황은 한반도로 움직인 흔적은 허창화는 자신을 미행하고 있는 존재를 처리하기로 했다.

저자를 안다. 무림맹을 통해 중국 대륙을 지배했지만 가면을 쓴 허깨비에 지나지 않았던 무림맹주 허창화다.

'으음, 존재감을 살짝 흘렸는데 알아차리는 것을 보면 듣던 대

로군.'

회귀 전의 정보대로 중국 대륙에서 전해진 거의 모든 무공을 익힌 것은 물론이고, 그것을 바탕으로 현경과 초월경을 넘은 것이 분명하다. 아주 살짝 흘리고 찰나에 감추었는데도 알아본 것을 보면 말이다.

'장단을 맞춰줘야겠군.'

인적이 없는 드문 산자락으로 접어들었다. 제 딴에는 유인하려 드는 것 같아 순순히 따라 주었다.

더 이상 감출 필요가 없어 허창화 앞에 모습을 드러냈다.

"팔황 중 어느 쪽이냐?"

이미 내가 뒤따르고 있는 것을 알아서인지 허창화가 담담한 목소리로 묻는다.

'자금성을 포위한 형국이더니 팔황과 천제 사이에 불화가 본격화된 모양이군.'

반고의 정통 후예라고 할 수 있는 구주는 반고의 기반이 되는 세력이나 태평천국의 난 당시 서양의 이면 조직들과의 전쟁으로 거의 무너졌다.

팔황은 구주를 감싸고 있는 외곽 세력들을 말하는 것으로 소수민족 중 가장 강성한 팔대민족이다. 구주의 주인이 천제는 기반이 되는 세력이 몰락하자 팔황을 끌어들였다.

"팔황이라니 우습군."

"으음."

자신이 오판했다는 생각 때문인지 하창화의 얼굴색이 좋지 못하다.

"다카마가하라에서 온 존재인가?"

"후후후, 계속해서 엄한 곳만 짚는군."

"그런 넌 누구냐?"

"나에 대해 궁금할 필요는 없을 것 같고. 지금 김윤일을 만나러 가는 건가?"

"헉!"

헛바람과 함께 눈동자가 거세게 떨리는 것을 보니 제대로 짚은 것 같다.

"김윤일이 보낸 것이냐?"

"만나보기는 했지만 그자가 나를 이곳으로 보낼 깜냥은 되지 못하지."

"으음."

구주의 전력이 대부분 사라졌다고는 하지만 아직 남아 있는 것도 있었다. 대륙을 한눈에 두었다는 대륙천안이다.

정보를 파악하는 데 있어서는 둘째 가라면 서러워 할 대륙천안에서도 나에 대한 정보를 파악하지 못했을 테니 하창화가 신음을 흘리는 것도 이해가 간다.

"그림자에 지나지 않는 무림맹주를 만나러 온 것은 아니니 이만 모습을 드러냈으면 좋겠는데 말이야."

내 말에 전신을 부들부들 떤다. 반고의 후예들이 가진 최고의 비밀을 내가 아는 것이 놀라운 모양이다.

허창화의 기운이 바뀐다. 존재가 가진 격을 모두 드러내고 권능이라고 할 수 있는 무공을 개방했다.

'정말 대단하군. 순간적으로 거의 십 킬로미터나 자신의 권역으로 삼다니 말이야.'

지금까지 느껴본 존재 중에 제일 강한 제우스에 필적할 만한 권능을 가진 것 같다.

"어디까지 아는 것이냐?"

"후후후, 총사라고 불리는 헌원호의 뒤에 누가 있다는 것 정도랄까?"

"그럼 천제도 알겠군."

"그렇지. 지금 보고 싶기도 하고 말이야."

"총사와 천제를 뵙고 싶다면 우선 나부터 넘어야 할 텐데 가능할까?"

"나도 볼일이 많아서 말이야. 될 수 있으면 빨리 보고 갔으면 좋겠는데. 어쩌지?"

"후후후, 하룻강아지 범 무서운 줄 모른다더니. 네가 그 모양이구나."

"바쁘니 어서 시작하지."

츠츠츠츠

말이 끝나기 무섭게 허창화의 몸에서 보라색의 뇌전이 흘러나오기 시작했다.

구주가 가지고 있는 절기이자 권능이라고 할 수 있는 자전전풍
이었다.

나를 중심으로 포위하듯 보라색의 결정이 만들어졌다. 표면에
는 최전이 흐르고 있었는데 살벌한 살기가 흘러나왔다.

슈슈슈슈슝!

보라색의 뇌전이 마치 탄환처럼 나를 향해 쏘아졌다.

투투투투투투퉁!

원을 이루는 녹색이 막이 생겨나 쏟아지는 탄환을 막으며 감싼
뒤 소멸시켰다.

'강기를 이용해 시험을 해보는군.'

만들어낸 강기의 숫자는 모두 99개다. 본격적인 것이 아니라
간을 보는 차원에서의 공격이다.

'호오, 기검까지?'

허창화의 손에 보라색의 빛줄기가 얽혔다. 기운을 응축시켜 만
들어낸 검이다. 기검이 놀라운 이유는 순순한 에너지의 결집체인
강기에 자신의 의지를 부여할 수 있기 때문이다.

어검이 검이라는 물체에 의지를 부여하는 것으로 권능의 초입
단계라면, 기검은 그 바로 다음 단계라고 할 수 있다.

슈—슉!

공간을 격하고 날아들어 내 이마를 공격하는 기검을 피했다.

'기검인 척하면서 심검의 묘까지 섞다니, 중원의 모든 무공을
알고 있다는 것이 헛소리는 아닌 모양이군.'

기검에 심검을 더했다. 허창화가 본격적인 권능을 발현했다는 소리다.

뜻이 있는 곳에 검이 현재하는 심검을 기검으로 구현하다니 만만히 볼 자가 아니다.

'에테르로 만든 기검에다가 카오스까지 더한 것을 보면 구주는 이미 오래 전에 융합을 끝낸 모양이군.'

기검을 피하기는 했지만 여파가 남아 있었다. 공격을 한 후 사라진 기검을 따라 그물처럼 펼쳐진 카오스가 내 안으로 침습하려하니 말이다.

스르르르

상대하기 위해 나 또한 기검을 만들었다. 거기에 더해 심검의 의지를 더하니 허창화의 눈이 크게 떠진다.

콰—쾅!

공간을 격해 생성된 허창화의 기검이 쏘아지려는 찰나 내가 만들어낸 것이 가로막자 폭음이 터졌다.

우르르르

허창화가 만들어낸 역장이 출렁이게 한 충격파가 지면을 타고 흐르자 대지가 진동을 한다.

콰콰콰쾅!

콰콰콰콰콰쾅!!

각자의 의지를 부여 받은 기검들이 허공에서 얽혔다. 주인을 공격하려 하면 막아내고, 틈을 봐 상대를 공격하고, 또 다시 막아내는 가운데 충격파로 인해 사방이 들끓었다.

파—팡!

허창화가 대지를 박차고 쇄도한다.

대기가 밀려나고, 달려오는 소로로 인해 일어난 충격파로 인해 길게 고랑이 생겨난다.

쾅! 쾅! 쾅!

지척이 이르자 공격을 하기 시작했다.

소림이 자랑하는 용조권을 통해 가지고 있는 에너지를 쏟아내는 허창화의 공격을 막아냈다. 기검이 부딪치는 충격파는 상대가 안 될 정도로 강한 파장이 주위에 휘몰아친다.

나 또한 매영의 비기를 펼쳤다. 박투술에 있어서만큼 매영의 비기는 고절한 바가 있어 허창화의 권격을 막아낼 수 있었다.

공격이 막히자 허창화는 자신이 알고 있는 권법을 연이어 펼쳤다. 구대문파라 칭하는 곳의 절기뿐만 아니라 무림을 이루었던 세가나 낭인 무공까지 무척이나 다양했다.

권법을 펼칠 때마나 싣고 있는 기운도 알았다. 음양과 오행의 기운을 자유자재로 이끌어내며 압박을 해왔다.

'대단하군.'

회귀하기 전에 실험에서 가장 부족했던 부분이 바로 무공에 관한 것이었다.

블리자드와 무림맹의 충돌로 인한 것도 그렇지만 구주와 팔황에서는 무공의 유출을 엄격히 금한 탓에 얻기가 매우 까다로웠기 때문이다.

중국에서 자랑하는 무공을 통해 능력을 다루는 실험은 하지 못했지만 다른 것은 제법 해봤다. 매영처럼 다른 곳이라고 무공과 같은 것이 없지 않았으니 말이다.

'매영의 비기를 끝까지 완성할 수 있겠군.'

권능에 가깝도록 매영의 비기를 익히기는 했지만 원활하게 사용하는 것이 쉽지는 않았다.

매영의 비기 또한 중원의 무공처럼 무를 기반으로 하는 것이라 비슷한 수준의 무리를 갖춘 권능들과의 실전이 필요하지만 겪어본 적이 없으니 당연한 일이다.

참진팔격은 공격과 방어를 위한 모든 것을 담고 있다.

매영의 열두 비기는 나름 형을 갖추기는 했지만 그것만으로는 참진팔격을 능가하지 못한다.

그럼에도 매영의 비기가 권능에 비견되는 것은 다른 이유가 있어서다. 비록 형은 참진팔격에 떨어지지만 에테르는 물론이고 근원이 되는 속성까지 움직이는 것이기 때문이다.

지금까지 얻은 일곱 가지의 엘리멘탈 속성을 비롯해 밝음과 어두움, 그리고 이를 바탕으로 정반합을 이치가 더해 변형이 된 속성의 기운도 매영의 비기를 통해 쓸 수 있다.

에테르의 변형이기도 한 내공을 담은 무공처럼 나는 매영의 비기로 운용이 되는 속성의 근원들을 참진팔격을 통해 쏟아내는 수련이 부족하다.

이번 기회에 허창화를 통해 완성을 할 수 있을 것 같으니 나로서는 잘된 일이다.

콰─쾅!

콰콰콰쾅!

손과 발이 어울리고 담겨 있는 기운이 맞부딪치자 대기가 파열한다.

공방으로 인해 발생하는 파열음이 천둥처럼 울려 대며 공간을 울린다.

참진팔격의 기본형을 통해 용의 발톱을 찌르고, 자르고, 뭉개 버렸다. 기본형을 펼치며 속성의 근원을 심었다. 어떤 때는 불의 기운을, 어떤 때는 물의 기운을 담아 카오스가 충만한 허창화의 공세를 받았다.

슈슈슈슈!

권격을 사용하는 무공만으로는 어렵다는 것을 알았는지 허창화의 신형이 미끄러지듯 뒤로 물러나며 분신을 만들어낸다.

'분신이지만 허상은 아니로군.'

분신이라고는 하지만 진짜 분신은 아니다.

컴퓨터에서 신호를 주고받을 때 활용하는 실시간 접속처럼 허창화의 신형이 거의 동시에 여러 방향을 점유한 탓에 일어나는 현상이다.

"타앗!"

기합과 함께 분신 사이 압력을 가했다. 중력의 100배에 해당하는 압력이 전해진 탓인지 땅이 푹 꺼진다.

뒤이어 손바닥을 펼친 후 오행의 기운을 뿜어내 허창화가 펼쳐 역장 안에 휘돌고 있는 기운들을 묶었다.

"컥!!"

찰나를 꿰뚫어 공간을 점유하던 허창화의 분신들이 합쳐지며 각혈을 토한다. 그의 내부에서 휘돌고 있는 기운들이 엉켜 버렸으니 당연한 결과다.

"크으, 네놈은 누구냐?"

허창화를 이렇게 단숨에 제압할 존재는 별로 없다.

김윤일이나 팔황의 주인들이 가진 권능에 대해서는 누구보다 잘 알고 있을 테니 내가 그들 중 하나가 아니라는 것을 확실히 알았나 보다.

"한낱 가피인 너와는 대화가 안 될 것 같은데……."

"크크크크, 그렇기는 하지. 속성의 근원을 자유자재로 다루는 존재이니 말이야."

허창화의 목소리가 달라졌다. 그의 의식을 장악하고 있는 존재가 모습을 드러낸 것이다.

"총사인 헌원호로군."

"나에 대해서 알고 있나?"

"후후후, 네가 바로 황제인 헌원이자, 천제의 아홉 분신 중 하나라는 것도 알고 있지."

"후후후, 그런가?"

또 다시 목소리가 바뀌었다. 엉켜 있던 기운이 안정되더니 존재감이 더욱 커졌다.

각혈을 하던 허창화의 모습은 그 어디에도 없었다.

대륙천안의 주인이자 반고의 적통이라고 할 수 있는 헌원의 의지를 가진 존재가 본 모습을 드러낸 것이다.

휘—이이이익!

주변의 기운이 요동치며 발생하는 압력에 바람이 인다. 초속 수백 미터가 넘는 칼날 같은 바람이다.

바람에 휘말려 떠오른 작은 돌 조각이 탄환처럼 나를 향해 쇄도한다.

티티티티팅!

어느새 형성된 배리어 돌 조각들을 막았다.

타타타타탁!

그르르르르르륵!

헌원의 의지가 작동한 것인지 돌 조각들이 배리어에 달라붙어 회전을 시작했다.

콰지지직!

퍼석!

배리어에 금이 가고 부서져 내린다. 금방 파고들어야 할 돌 조각들이 허공에 멈춰 있다. 내 의지의 작용이다.

"찰나에 공허의 공간을 만들다니 제법이로군."

헌원이 손가락을 까딱이자 멈춰선 돌 조각들에 카오스가 어리기 시작한다. 혼돈의 기운이 공허의 공간을 뚫고 들어와 조금씩 변화시키기 시작한다.

'공간 자체에 간섭을 하다니 역시나 신격에 오른 존재답군.'

공간을 잠식하며 역장에 걸린 의지를 바꾸는 것을 보니 격의 크기를 알 수 있었다.

쉽지 않은 존재일 것이라고는 하지만 아홉으로 나누어진 반고의 의지 중 하나가 이 정도일 줄은 생각지 못했다.

푸―슝!

에테르와 카오스가 융합된 에너지를 담아 권능을 발휘했다.

의지가 이는 순간 곧바로 지구 전체를 덮고도 남을 강대한 에너지가 한 점으로 압축되어 헌원을 향해 탄환처럼 날아갔다.

팅!!

헌원의 손짓에 맑을 소리와 함께 내 의지를 이루어진 권능이 팅겨 나간다.

스르르르

나를 감쌌던 돌 조각들이 가라앉듯 내려앉고 일렁이던 카오스가 사라졌다.

"손이 얼얼하군."

내 의지를 팅겨낸 손가락을 털며 아픈 척을 하다니 재미있는 존재 같다.

나에게 할 말이 있는 것 같아서 공허의 역장을 풀었다.

"엄살떨지 마라."

"후후후, 농담도 못하겠군. 그나저나 흑운에 당한 것으로 생각했는데 매영이 아직도 건재하다니 놀랍군."

내가 사용한 비기 때문에 매영으로 착각한 것 같은데 정정해 주고 싶지는 않다.

"그런 흑운을 부추긴 것은 네놈이지 않나?"

"호오, 거기까지 파악하다니 재미있군. 하지만 난 부추겼을 뿐 직접 움직이게 만든 존재는 따로 있을 텐데 말이야."

"그놈이 그놈이지. 쓸데없는 잡담을 집어 치우고 나에게 할 말이 있는 것 같은데 한 번 해보도록."

"매영이라면 지금 내 상태가 어떤지 잘 알 텐데. 나와 협력을 할 생각은 없나?"

"협력이라고?"

"그렇다. 내가 매영에게 혈격을 제안하는 것은 반고의 아홉 일족 중에 남은 것은 나뿐이기 때문이다."

"무슨 소리지?"

"팔황이 나에게 협력한 것은 일족의 권능을 나누어 주었기 때문이다. 외계의 기운이 유입되면 도로 회수될 줄 알았는데 세상이 변하면서 팔황에게 잡아먹혀 버렸다는 말이다."

"믿을 수 있는 소리를 해라."

반고의 일족이 가진 의지의 격은 팔황을 초월한다. 그런 의지가 지닌 권능을 팔황이 흡수하다니 믿지 못할 소리다.

"내 존재를 걸고 모든 것이 진실이다. 팔황은 고대에 존재했던 이름 모를 존재의 격들을 각성시켰다. 격 자체가 봉인되어 있었는데 세상이 변하며 풀어졌지. 동맹을 위해 나누어 준 권능들을 분신들과 함께 곧바로 흡수해 버리더군, 내가 회수할 사이도 없이 말이야."

아무리 살펴봐도 다른 존재와 연결된 것 같지 않다. 반고의 일족 중 하나만 남은 것이 분명하다. 베이징에서 느꼈던 것으로 볼 때 사실 같다.

"나에게 원하는 것이 무엇이지?"

"팔황 놈들에게 반고의 의지와 권능을 넘기면서까지 키워놓은 것이 있다. 그중에 반을 너에게 주도록 하지."

회귀 전의 나에게 한 것처럼 김윤일이 숙성시키고 있는 혈정을 말하는 것이다.

창조의 씨앗이 합쳐져 만들어진 혈정이 에테르와 카오스를 받아들여 융합되고 있다.

내공을 높이는 영약처럼 존재의 격을 한 단계 더 높일 수 있는 형태로 변화하고 있는 중인데 반을 주다니, 제법 파격적인 제안이다.

혈정에 대해 몰랐다면 단번에 승낙을 할 일이지만 누구보다 잘 알고 있는 나였다.

"재미있는 소리로군."

"팔황이 어째서 날 노린다고 생각하나? 모두가 내가 키우고 있는 것 때문이다."

"그것이 그렇게 가치가 높은 건가?"

헌원의 말에 장단을 맞추어 주었다.

"후후후, 너는 세상이 변하고 있는 것이 느껴지지 않나? 새롭게 변화된 세상에서 신을 초월한 존재가 될 수 있는 기회인데."

"믿지 못할 소리로군."

"직접 보게 되면 내 말이 진실이라는 것을 믿게 될 것이다."

"지금 네가 가고 있는 곳에 그것이 있다는 소리인가?"

"그렇다."

"지금 내가 키우고 있는 것들을 반으로 나누어 너에게 주기까지 절대 적으로 삼지 않겠다고 약속하지."

"네 존재를 걸고 하는 말인가?"

"그렇다. 내 존재와 격을 걸고 약속하지."

헌원은 절대로 어길 수 없는 약속을 했다. 나로서는 손해볼 일이 없기에 승낙하기로 했다.

"좋다. 그렇게 하지. 그리고 난 따라가지 않도록 하겠다."

"무슨 소리냐?"

"네가 그것을 얻을 동안 팔황을 막아야 하지 않나? 그들이라고 손을 놓고 있지는 않을 테니 말이다."

"으음."

따라가지 않고 팔황을 막겠다고 하니 의아한 모양이다.

"네가 그것을 얻는다 해도 기반이 무너지면 소용없지 않나?"

"알고 있었나?"

"네가 그것을 얻기 위해 벌이는 일들이 김윤일과 관련이 있다는 것 정도는 대충은 짐작을 하고 있었다. 그리고 우리 매영에게 도움이 된다는 것도."

"역시, 김윤일이 루시퍼의 권능을 손에 쥐었다는 것을 알고 있었군."

자신이 한 약속이 손해라고 생각하는지 헌원의 인상이 좋지 못하다.

"결코 네가 손해 보는 일이 아니다. 베이징에 있는 기반이 무너진다면 다른 존재들에게 이득이 되는 일이니까. 그리고 우리의 협력이 이것으로 끝나지는 않을 것 같으니 말이다."

"좋다. 그렇게 하도록 하지. 하지만 팔황은 만만한 자들이 아니다."

"그것은 네가 걱정할 일이 아니다. 만약 실패한다면 존재를 걸고 한 약속을 무효로 하도록 하지."

"알았다. 믿도록 하지."

누가 이익이고 누가 손해일지는 몰라도 서로간의 약속이 정해졌다.

헌원은 곧바로 한반도로 향했다. 지금 한창 대륙천안과 흑운과의 전쟁이 벌어지고 있는 그곳으로 말이다.

김윤일에게 혈정을 어떻게 얻을지는 몰라도 결코 쉽지는 않을 것이다. 이미 그는 반고의 후예인 헌원이 심은 혈정을 자신의 것으로 만들었으니 말이다.

제4장

4

헌원이 떠난 것을 지켜본 후 신형을 되돌려 베이징으로 되돌아갔다. 대륙천안의 이목이 나에게 붙었다는 것을 알기에 공간 이동은 사용하지 않았다.

베이징에 당도한 후 곧바로 자금성으로 들어갔다. 지상은 관광지라 사람이 거주하지 않지만 지하는 달랐다.

자금성이 세워질 때부터 만들어진 지하 궁전이 존재했고, 그곳에는 반고의 후예들을 따르는 능력자들이 머물고 있었다.

기척과 기운을 완전히 지우고 지하로 잠입한 후 지상과 완전히 같은 형태로 만들어진 또 하나의 자금성을 볼 수 있었다.

기와며 바닥까지 모든 것이 청동으로 만들어진 터라 기괴한 분

위기의 지하 궁전에는 초월에 이른 능력자들 40여 명이 있었다.

중요한 전각마다 초월자들이 머물고 있었는데 그들이 하는 일은 사방에서 흘러들고 있는 카오스를 조종하는 것이었다.

'헌원이 없는데도 불구하고 제법이군. 없다는 것을 알아차린다면 곧바로 문제가 생길 텐데 말이야.'

오래전부터 카오스를 다루었던 존재들이라 그런지 팔황의 의지가 섞인 카오스를 나름 잘 통제하고 있는 중이다. 헌원의 부재를 알아차리지 않도록 많은 노력을 기울이고 있는 중인 것 같다.

'저기인가?'

카오스의 흐름을 추적했다. 필요한 것만 한 곳으로 보내고 있었고, 어디 인지는 금방 파악을 할 수 있었다.

자금성이 만들어질 때 9,999개의 방이 만들어졌다. 방을 돌고 돌며 분리된 한 줄기 흐름이 한 곳으로 향하고 있었다.

어화원 내에 위치한 만춘정이었다.

바깥에 있는 만춘정은 천추정과 한 쌍을 이루는데, 둥근 원형 지붕과 그 밑으로 각을 이룬 지붕 위로 황금빛 채색이 된 기와가 올라가 있는 화려한 정자인 반면 이곳에 있는 것은 달랐다.

청동으로 만들어졌기에 단색이었고, 채색 같은 것은 아무것도 없었다.

'이곳은 다르군.'

조용히 만춘정 내부로 들어가자 외양과는 다르게 화려한 채색들이 눈에 띤다.

'마도학이다.'

기기묘묘한 문양으로 장식된 내부의 채색들은 마도학의 마법진이었다.

만춘정 내부에 있는 마법진의 용도는 한 가지였다.

밖에서 흘러들어 오는 카오스를 마법진의 회로를 따라 돌다가 흘러나가게 하는 것이었다.

'카오스가 흐르는 동안 이곳에 필요한 것은 지하로 보내고 나머지 것들을 다시 밖으로 내보내는군. 밖으로 흘러나가는 카오스가 정제되어 있어 이곳에서 분리된다는 것을 팔황이 알아차리지 못하는 것일 것이다.'

역으로 된 피라미드를 통해 창조의 씨앗을 정제하는 것만큼이나 대단한 구조물이다. 에테르와 더불어 세상의 기반이 되는 카오스를 정제하다니 말이다.

'으음, 아래로 내려가기 위해서는 저 안에 있는 다른 마법진을 작동시켜야 하는군.'

마법진 사이에 다른 마법진이 교묘히 숨겨져 있었다. 구궁을 점하는 위치였다. 카오스가 아닌 에테르로 작동시키는 마법진이었다.

'에테르와 카오스를 동시에 다루지 못하면 아예 손을 대지 못하도록 만들어져 있군.'

카오스의 순화과 정제를 담당하는 마법진 안이었다. 에테르만 다루는 존재가 이곳에 들어선다면 소멸될 수밖에 없다.

카오스만 다루는 존재도 마찬가지다. 에테르로 작동되는 마법진을 작동시키는 순간, 카오스와 충돌해 일어나는 반발로 소멸해 버리고 말 것이다.

구궁을 점하는 방향으로 에테르를 쏘아 보내 마법진을 가동시켰다. 지금 흐르고 있는 카오스의 흐름을 완전히 제어한 터라 반발은 없었다.

마법진이 작동하고 바닥에 음각으로 새겨진 용 아홉 마리가 움직이기 시작했다. 용들이 뒤엉켜 있었는데 자리를 찾아나가더니 이내 가운데가 비어버렸다.

그르르릉.

용들이 사라진 후 비어 있는 바닥이 갈라지며 아래로 내려가는 계단이 나타났다.

밑으로 천천히 내려갔다. 지금까지 파악한 것으로 봐서는 아주 깊이 내려가야 할 것 같다.

대리석과는 다른 백색의 석재로 만들어진 계단을 따라 한참을 내려오자 공동이 나타났다.

거대한 피라미드가 역으로 서 있는 구조는 똑같았지만 주변은 조금 달랐다. 공동의 벽에는 수많은 용들이 새겨져 있었는데, 예사로운 것들이 아니었다.

부조로 새겨져 있는 용들은 하나하나 존재감을 내뿜고 있었다. 적의로 가득한 붉은 광채를 내뿜는 눈동자들이 모두 나를 향하고 있었다.

"실수했군."

모두 999마리의 용이 모두 존재감을 가지고 있었다. 함정이 분명했다.

999마리의 용들은 존재들의 의지를 담은 형상이다. 비록 본모습은 아니지만 팔황과 구주의 존재들이 모두 이곳에 존재한다. 그것도 전투에 최적화된 형태로 말이다.

이렇게 할 만한 존재는 하나뿐이다.

"이제 그만 나오지?"

— 후후후후.

대답대신 웃음이 뇌리로 들려왔다.

"헌원은 미끼였었나?"

— 그럴 리가! 내가 세운 원대한 계획에 흠집을 냈으니 대가를 치르러 떠났을 뿐이다.

헌원은 아마도 반고가 실체를 갖추었다는 것을 알지 못하고 이곳을 떠났을 것이다. 자신을 창조한 반고로부터 버림을 받은 것 같다.

"반고라는 이름이 어울리지 않는군."

— 그리 비난을 받을 일이 아닌 것 같은데. 그놈은 내 권속이라고 할 수 없으니 말이야.

"그랬던가?"

— 후후후, 헌원은 욕심이 많은 놈이다. 나를 떠받들다가 배신을 하고, 창조주의 분신들에게 붙었지. 권능을 얻은 후에는 다시 배신을 하고. 그놈은 이제 자신이 뿌린 씨로 인해 그 대가를 치를

때가 되었을 뿐이다.

루시퍼의 권능을 얻은 김윤일은 이미 차원이 다른 존재로 각성했다. 헌원이 카오스를 얻었다고는 하지만 그뿐이다. 차우로부터 대륙을 빼앗은 헌원이었지만 지금까지 격이 진화하지 못했다.

두 존재를 직접 만난 내가 보기에 헌원은 루시퍼의 상대가 되지 않는다. 아마도 한반도에 도착하는 순간, 루시퍼의 처절한 복수는 시작될 것이다.

반고의 후예 중에 지혜를 상징하는 헌원이 이런 것도 모르고 한반도로 갔으니 불쌍할 뿐이다.

"그럼, 너를 따르는 놈들은 모두 이곳에 있는 건가?"

— *당연한 이야기지 않나? 세상을 만든 이의 대리자를 맞이하는 순간인데 말이야.*

"너희들만 있나?"

— *후후후, 떨거지들이 있을 필요가 있나? 원래 맛있는 것은 혼자 먹어야 제맛인데 말이야.*

"그렇기는 하군."

다른 존재들은 반고라는 차원이 다른 존재가 이 세상에 강림했다는 사실을 모르고 있을 확률이 높다.

반고는 자신의 수족이라고 할 수 있는 헌원을 속일 정도로 자신의 존재 사실을 철저히 숨겼으니 말이다.

외계를 처음 접한 존재답게 반고는 확실히 욕심이 많다. 그 욕심으로 인해 다른 존재들과 협력을 하지 않은 것 같아 다행이 아닐 수 없다.

'하긴 다른 존재들은 내가 벌인 일로 인해 정신이 없을 테니 반고의 존재를 알았다고 해도 손을 쓸 수는 없을 것이니 최대한 빨리 정리를 하자.'

반고만 함정을 판 것이 아니다. 헌원을 만나면서 그에게 반고의 가호가 없다는 것을 느꼈다.

반고의 후예들을 지휘하는 그가 가호가 없다는 것은 하나를 뜻했다. 반고가 가호를 거두어 들였다는 것이다.

권속에게 내린 가호를 거두어들인다는 것은 상위의 존재가 직접 나타났다는 뜻이기에 나 또한 반고의 출현을 예상하고 있었다.

용들이 현신하기 시작했다. 반고의 가호를 받은 존재들이다. 하나하나 초월자를 얽어 신의 격을 부여받은 존재들이다.

에테르와 카오스를 동시에 다루며 반고로부터 받은 권능을 극한까지 끌어올린 존재들이다.

'저 중에 반고가 있을 텐데…….'

999마리의 용중에 반고가 있을 테니 상대해 볼 필요가 있다.

서양의 드래곤이 포악의 상징이라면 동양의 용은 권능을 가진 신수다. 가지고 있는 능력 또한 무시무시해 가히 권능의 상징이라고 해도 과언이 아니다.

공간이 변하며 용들의 권능이 내게 몰아닥쳤다.

반고가 만들어내 혼돈의 공간 속을 넘실거리는 용들의 권능은 가히 폭풍이었다.

화르르르!

슈슈슈슈슈슈슉!

붉다 못해 백염을 내뿜는 화염이 입에서 토해지고, 어떤 보검보다 날카로운 얼음의 칼날이 뒤를 따랐다. 적룡과 청룡이 뿜어내는 권능이다. 인간의 힘으로는 도저히 막을 수 없는 공격들이다.

콰콰콰콰콰쾅!

사방에서 몰아닥치는 화염은 손바닥으로 방벽을 세워서 막고, 날카로운 얼음의 칼날들은 주먹으로 쳐내 부서 버렸다.

파지지지직!

뒤를 이어 백룡의 뿔에서 백색의 뇌전이 뿜어진다. 전신을 휘감는 백색의 뇌전이 내가 뿜어낸 녹색의 광채가 솟아올라 밀어냈다.

번쩍!

황금용의 눈에서 광선이 쏟아진다.

퍼퍼퍼퍼퍼퍽!

녹색의 광채에 구멍을 뚫고 들어온 황금빛 광선은 내 몸에 부딪친 후 옆으로 비껴나가더니 공격해 오는 적룡과 청룡의 몸통에 틀어박힌다.

크아아아악!

고통스러운 비명을 지르면서도 적룡은 화염을, 청룡은 얼음의 칼날을 나에게 쏟아 붇는다.

차륜전이나 마찬가지다. 오색의 용무리가 쉴 새 없이 공격을 해대고 있다.

물리적인 위력도 끔찍하지만 존재의 격에 미치는 타격도 만만치 않다.

　균형을 이루는 에테르와 혼돈의 카오스가 동시에 담긴 권능이다. 내 존재의 의미를 흔들어 대는 의지들이 용의 권능에 담겨 있다. 가랑비에 옷이 젖듯 내 의지 사이로 스며든다.

　'이상하군.'

　사념이 들려올 때는 분명히 느꼈는데 반고의 존재감이 확실하지가 않다. 아니 전혀 느껴지지가 않는다.

　'분명히 용들 중에 있다.'

　직감이기는 하지만 반고는 용들 사이에 숨어 기회를 노리고 있다. 너무 완벽하게 숨어서 내가 미처 알아내지 못했을 뿐 있는 것은 틀림없다.

　'그러고 보니 흑룡의 공격 중에는 제대로 된 것이 없었다.'

　다른 용들의 권능이 내 의지를 파고들어 흔들 수 있었던 것은 암흑 속에 숨은 흑룡들의 정신 공격 때문이다.

　다른 용들은 물리적인 것과 함께 정신적인 공격을 병행하고 있었는데 흑룡들만은 정신 공격뿐이다.

　'으음.'

　흑룡을 의식하자마자 정신이 아찔해져 온다. 정신 공격이 아닌 물리적인 공격에 정신이 흐트러질 정도라면 독이 분명했다. 중원의 무공으로 따지자면 심독에 이른 공격이다.

　독은 신체의 균형을 무너트리는 물질이다. 균형을 넘어 파괴를 자행하는 것이 카오스와 닮은 점이 많다. 조금만 쓰면 약이 되지만 선을 넘으면 치명적인 점이 말이다.

'크으, 어느새 내부로 파고든 모양이군.'

심독이라는 형태를 빌려 반고의 카오스가 내 내부로 침투한 것 같다. 존재의 격마저 감추고 내부로 침투하다니 놀라운 일이다. 들어온 다음에야 느꼈으니 말이다.

반고는 이미 내 몸을 장악하고 있었다.

― 재미있는 몸을 지니고 있군. 이렇게 완벽하게 균형을 이루고 있다니 말이야.

존재를 인식하자 반고의 사념이 흘러들었다.

― 이렇게 빨리 침투하다니 놀랍군. 그런데 어떻게 들어온 것이지?

― 왜, 놀랍나? 이게 내가 가진 권능 중 가장 큰 것이지. 격을 가진 존재에 깃들 수 있는 권능 말이야. 인식했을 때는 이미 내가 장악한 뒤라 손을 쓸 수가 없거든.

― 으음.

― 역시, 내부에서 무너트리는 것이 훨씬 쉬운 일이야. 너 같은 놈을 이렇게 손쉽게 얻을 수 있다니 말이야. 하하하하!

웃음소리와 함께 용의 입에 물려 있던 여의주들이 한군데로 모이기 시작했다. 모습이 사라졌던 흑룡의 여의주도 모이는지 숫자가 모두 999개였다.

여의가 하나씩 겹쳐지기 시작했다. 크기를 전혀 변하지 않은 채 하나가 되고 있었다.

그리고 겹쳐진 여의주를 쥐고 있던 용들의 실체가 사라지기 시작했다.

'본래 하나였군.'

용들 전부가 반고였다. 팔황과 구주의 존재들 모두가 반고의 파편이었던 것이다.

— 후후후, 아직 마음에 드는 인간의 신체를 찾지 못해 안타까웠는데 잘 써주도록 하마.

역시나 놈이 노린 것은 내 육신이었다.

엘리멘탈들에 의해 만들어져 에테르와 카오스를 자유자재로 다룰 수 있는 육체다. 더군다나 혈정까지 흡수한 육체라 탐이 났을 것이다.

반고 본신이 가진 권능을 완벽하게 구현할 수 있는 육체이니 말이다.

의기양양한 모습이지만 아직 끝난 것이 아니다. 반고가 장악한 것은 내 신체지 의지가 아니니까 말이다.

— 후후후, 재미있군.

— 너야말로! 이 상태인데도 웃음이 나오나?

— 웃음이 나오고말고, 내가 원하는 대로 됐으니까 말이야.

— 그게 무슨 소리지?

곧바로 육체를 분리해냈다. 내가 지금까지 머물고 있는 육체는 브리턴에 있던 것이다. 본래 지구에서 가지고 있던 육체를 분리해 빠져나온 것이다.

— 뭐, 뭐냐?

자신이 장악한 것과 똑같은 모습의 내가 눈앞에 나타나자 놀라는 모습이다.

뭔가 잘못되었다는 것을 느낀 것인지 육체에서 빠져나오려고 애를 쓴다.

"후후후, 발버둥치지마라, 내 육체가 너와 동화되고 있어서 절대 빠져나오지 못할 테니 말이다."

"이이!"

브리턴에서 얻은 육체는 특별하다. 엘리멘탈들의 수고가 극한으로 담겨 있는 육체다. 신격을 가진 존재를 넘어 창조주를 담기위해 특별히 만들어진 그릇이기 때문이다.

이 세상에 인간처럼 살아 있는 육체를 가진 신을 강림시키기 위한 엘리멘탈들의 안배가 담겼다.

신격을 가진 존재가 머물게 되면 육체와의 동화가 일어나고, 에너지와 정신이 합일된 정령체가 강제로 육신을 가지게 된다. 신을 굴복시키려는 엘리멘탈들의 비밀스러운 안배가 육체에 담겨 있는것이다.

사실 나도 육체를 분리하는 것이 쉽지는 않았다. 브리턴에서 엘리멘탈들을 다시 만난 후 계속해서 방법을 마련하다가 포기했었으니 말이다.

그러다가 반고의 분신들을 보며 힌트를 얻었다. 존재의 격을 가진 의지들이 융합해 본신을 만들어 내는 반고를 보면서 에테르와 카오스의 흐름을 알아낸 것이다.

지구의 육신이 브리턴의 육신과 어떻게 융합이 됐는지 파악을 할 수 있었기에 반고의 노림수를 그대로 놔두었다.

더불어 놈이 빠져나오지 못하도록 결합되는 에너지 형태를 변화시키면서 지구의 육신을 분리시켰다.

'마도학의 파편도 회수를 해야겠지.'

동화가 진행되고 있기에 아직 움직이지 못하는 브리턴의 육신을 놔두고 피라미드로 향했다. 그러고는 아래를 향하고 있는 꼭짓점에 손을 댔다.

차르르르르르!

내 의지에 따라 천곤에서 사슬이 풀려나가며 피라미드의 표면에 새겨져 있는 마법진을 활성화시켰다.

사슬들은 표면에 떠오른 마법진을 포획해 내 심장으로 이끌었다. 마법진들이 심장에 빠르게 각인이 됐다.

'이로서 고대 엘프들이 세상에 뿌린 마도학을 모두 회수한 건가?'

심장 속에서 마법진들이 맞춰지고 있었다. 엘프들이 창조주에게 반기를 들 수 있게 해준 마도학의 정수가 얼마 있지 않아 모습을 드러낼 것을 기대하면서 피라미드를 새로 만든 공간으로 집어넣었다.

'후우, 이제 진짜로 끝났군. 후후후, 격을 가진 존재들이 피라

미드들이 어떤 것인지 알면 놀라 뒤집어지겠군.'

창조의 씨앗을 정제할 수 있는 피라미드를 모두 회수했다. 새로운 차원으로 진입하려는 존재들은 아직까지 피라미드 형태로 이루어진 구조물의 가치를 알지 못한다.

내가 회수한 피라미드들이 격을 초월해 새로운 존재로 거듭나는 것보다 중요한 것임을 말이다.

'반고의 의지도 소멸시켜야 한다.'

브리턴에서 만들어진 육신에 동화되고 있는 반고에게로 갔다. 나를 보고 있는 반고의 두 눈은 의혹이 가득 차 있었다.

나는 반고의 옆으로 다가가 심장이 위치한 가슴과 등에 양손을 댔다.

"뭐, 뭐냐?"

육신의 동화가 끝나가고 있음에도 권능을 발휘할 수 없다는 것을 알았는지 반고의 목소리가 떨리고 있었다.

"후후후, 지켜보면 안다."

푸푸푸푸푹!

천공에서 쇠사슬이 풀려나와 육체를 뚫고 들어가더니 심장에 틀어박혔다.

"커억!"

"네놈이 그토록 원했던 것처럼 네가 가지고 있는 모든 것을 내가 갖겠다."

"크윽, 빌어먹을······."

반고의 의지를 통해 카오스와 에테르가 융합된 에너지가 심장으로 모여든다. 심장에 박힌 사슬들이 빨아들여 나에게로 가져 온다.

반고의 의지를 통해 만들어진 것이라 내가 만든 것과는 완전히 다른 형태의 에너지지만 내 심장은 무난히 흡수하고 있는 중이다.

'후후후, 이로서 세상을 변화시키기 위한 내 첫걸음이 시작되었군.'

반고가 가진 에너지가 나에게로 딸려오며 권능까지도 흡수되기 시작했다.

이제 회귀 전부터 준비해 온 계획이 시작되었다.

'꽤나 오래 걸렸군.'

무수한 실험을 당하면서도 나는 살아남았다. 나를 제외한 실험체가 대부분 3년 안에 소멸되거나 죽어나갔는데도 불구하고 난 끝까지 살아남아서 놈들의 실험을 완성시켰다.

난 실험을 당하면서 내가 살아남는 다는 것에 주목했다. 다른 이들과 달리 계속해서 살아남았기 때문이다.

무수한 관찰 이후에 내가 가진 녹령이 평범한 것이 아니라는 것을 알았다.

그리고 끝내 회귀하기 전에 녹령의 진정한 가치를 발견했다. 녹령이 세상에 흐르는 에너지를 모두 포용한다는 것과 단 한 번뿐이기는 하지만 시간을 역행할 수 있다는 것이었다.

이런 비밀을 알게 된 것은 모두 러시아의 비밀 연구소에서 비밀리에 보관하고 있던 금판을 통해서다.

수많은 실험을 당하면서 에너지 흐름과 성질에 대해 대부분 파악할 수 있었고, 이 두 가지 흐름을 이용해 시간을 역행할 수 있는 방법을 알았다.

회귀를 통해 세상을 바꿀 준비를 하게 된 것도 바로 녹령 때문이었다.

지구가 속한 대차원의 창조주가 마지막으로 남긴 유산이 바로 녹령이었고, 내 유일한 믿음이었다.

믿음의 결과물이 지금 눈앞에 있다. 녹령으로 인해 발목이 잡힌 반고 말이다.

반고 같은 초월의 존재가 이렇게 육신에 얽매여 벗어나지 못하는 것도 바로 녹령 때문이다.

반고가 장악한 육신은 하나를 제외하고는 지금의 내 육신과 거의 같다. 다른 것은 하나뿐이다. 바로 엘리멘탈의 정수로 만들어진 심장뿐이다.

그리고 지금의 나는 할아버지를 통해 얻게 된 혈정과 김일영으로부터 빼앗은 칠령으로 인해 변화된 심장을 가지고 있다.

이 둘의 차이는 아주 극명하다.

전자는 외계와 연결된 존재들에 만들어진 것이고, 후자는 대차원의 창조주가 남긴 것이라는 것이다.

그런데도 반고가 자신이 차지한 육신을 마음대로 못하는 것은 심장에 엘리멘탈의 정수 말고도 수용소에서 얻은 내 의지가 실린 녹령도 포함이 되어 있어서다.

심장에 자리한 녹령은 지금 반고의 본신을 이루는 의지와 권능을 상상을 불허하는 속도로 빨아들이고 있다.

반고가 자신의 권능을 발휘하고 싶어도 못하는 것도 이것 때문이다. 의지를 실체를 구현할 수 있는 에너지를 충족시킬 수 없다. 채우려는 순간 곧바로 빠져나가 버리니 말이다.

녹령이 이렇게 반고의 에너지를 흡수할 수 있는 것은 카오스를 기반으로 하는 세상의 설계도로 인해서다.

지금의 녹령은 처음 얻었을 때와 완전히 다른 상태다.

카오스 설계도가 융합되어 새로운 에너지가 되었다. 내게 속해 있으면서도 스스로 의지를 가지고 있는 에너지다.

새로운 녹령이 가지고 있는 의지는 단 두 가지뿐이다.

에테르와 카오스 같은 에너지를 빨아들여 융합한 후 새로운 에너지로 변환시키는 것과 나를 위해 봉사하는 것이다.

녹령은 카오스와 에테르를 빨아들여 계속해서 융합한 후 대부분을 응집시키고 나머지는 세상으로 내보내고 있는 중이다. 반고의 경우 강제로 이루어지지만 지금의 나는 온전히 내 의지대로 이루어지고 있다.

'녹령은 포식자다. 에테르와 카오스를 완전히 무력화시키고 잡아먹어 완성되는 에너지 결정이다. 그리고 카오스 기반의 설계도를 흡수해 더욱 완벽해졌다. 어쩌면 세상의 창조주는 모든 것을 알고 있었을지 모르겠군.'

녹령은 모든 것을 포용했다.

에테르와 카오스는 물론이고, 엘리멘탈들이 만든 정수들과 혈정, 칠령이 모두 융합시켰다.

이런 점을 볼 때 지구가 속한 대차원 창조주는 외계의 모든 것을 이해하고 알고 있었을 가능성이 높았다. 그렇지 않았다면 녹령같은 것을 만들어내지 못했을 테니까 말이다.

— 크으, 이제 그만!

에너지와 권능이 사라지고 존재가 흔들리기 시작하자 반고의 외침이 들려왔다.

— 고통은 잠시뿐이다.

반고는 의지나 존재의 격을 유지할 수 있는 것이 아무것도 없다. 이제 소멸만이 남았을 뿐이다.

의지가 사라지는 것이 느껴졌다. 반고의 의지마저도 녹령에 흡수되고 있었다.

'으음, 녹령이 격을 가진 존재의 의지마저 흡수하다니…….'

지금까지 지나오는 동안 녹령의 변화를 보며 창조주의 능력에 경악하지 않을 수 없었다. 세상을 이루는 에너지 기반을 새로운 형태로 변화시키다니 말이다.

'으음, 창조주가 돌아오는 것인가?'

한 가지 의심이 들었다.

지금 창조주가 만든 대차원에는 에너지들이 넘쳐나기 시작했다. 에테르와 카오스는 물론이고 융합된 에너지까지 말이다.

창조주는 세계를 만든 후 자신의 의지와 에너지를 세상에 퍼트

란다. 그로인해 존재감은 사라져 버리지만 의지는 세상에 남아 있다. 세계가 완성된 후 전환점을 지나 다시 본래의 자리로 돌아오게 된다면 지금 같은 상황이 될 것이다.

'어쩌면 나는 창조주가 프로그램을 한 대로 움직이는 아바타일 수도 있겠군.'

창조주가 돌아온다는 가능성을 무시할 수는 없다. 내 예감이 강력히 경고하니 말이다.

'원하는 것이 무엇인지는 모르지만 얼마 있지 않아 존재감을 드러낼 것이다. 창조주가 어떤 생각을 가지고 있건 세상은 내가 원하는 대로 변해야 한다.'

대차원의 창조주가 돌아올 것이 충분히 예상되기에 준비를 해야 했다.

'이제 회수를 해야겠군.'

브리턴에서 만들어진 육신에서 반고의 흔적이 지워졌다. 변한 것이라고는 심장의 기능이 약간 변한 것뿐이었기에 회수하기로 했다.

브리턴에서 저 육신이 나를 흡수하는 것이 아니라 지구의 육신이 흡수해 융합하는 것으로 말이다.

의지가 일어나자 브리턴에서 만들어진 육신이 사라져갔다. 사슬을 통해 나에게로 흡수되고 있었다.

한반도로 방향을 잡고 움직이던 헌원호는 국경선 근처에 이르러 대륙천안을 호출했다.

호출과 동시에 한 시간 안에 도착해야 할 대륙천안의 요원들이 도착하지 않았다.

'일이 틀어졌군.'

정보 조직으로 알려진 것과는 다르게 대륙천안의 요원들은 모두 능력자다.

팔황의 눈을 피해 비밀리에 무공을 전수하고, 김윤일로부터 건네받은 자연의 정수를 통해 능력을 각성한 자들이다.

무려 1,000명이나 되는 능력자 중에 단 한 명도 도착하지 않았다는 것은 문제가 아닐 수 없었다.

'모두 당하지는 않았을 것이다. 그런데도 도착하지 않고 있는 것을 보면⋯⋯.'

36명을 한 단위로 대를 만들었고, 지휘자들인 대주들은 초월자들이었다. 공격을 당했다면 대주들 중 누구라도 연락을 해왔을 것이기에 심각한 일이었다.

'대주들조차 도착하지 않았다면 두 가지 경우뿐이다. 루시퍼로 각성한 김윤일의 전력이 대륙천안을 넘어섰거나, 팔황이 내 계획을 알고 전력을 동원해 대륙천안을 쳤을 것이다. 최악의 상황을 가정했었는데 역시⋯⋯.'

김윤일의 가진 전력인 흑운이 대륙천안을 넘어섰다고 하더라도 중국으로 건너오지는 않았을 터였다.

팔황에게 당했다면 내부에 심어 둔 자신의 권속으로부터 연락이 왔을 것이기에 갈피를 잡을 수 없었다.

'최대한 빨리 상황을 파악해야 한다.'

계획이 틀어졌다는 것을 깨달았지만 원인을 알 수 없었기에 헌원호는 발길을 돌리기로 했다.

스스스스

결심을 굳히는 순간, 자신을 포위하는 이들을 볼 수 있었다. 검은 기운에 가려 형체를 파악하기 힘든 존재들이었다.

'으음, 흑운이구나. 팔황이 아니라 흑운에 당한 것인가?'

포위당한 형국이지만 위험하다는 생각이 들지 않았기에 헌원호는 생각을 거듭했다. 흑운이 이미 중국 내로 진입을 했고, 이로 인해 벌어질 상황에 대해서였다.

김윤일이 배신의 상징이라고 할 수 있는 루시퍼로서 각성을 한 것이 분명했다.

'예상대로 배신을 하는군. 어차피 대륙천안의 요원들은 사후수습을 위해서 필요했을 뿐이었다. 배신에 대한 대가는 철저하게 치러주마.'

흑운이 능력자들로 이루어진 집단이라고는 하지만 문제가 없었다. 자신이 가진 진정한 능력을 발휘한다면 단번에 쓸어버릴 수 있었다.

더군다나 위험이 있다고 하더라도 숨겨둔 비장의 한 수까지 있으니 염려할 바가 되지 못했다.

배신자에 대한 응징과 동시에 숙성시킨 혈정을 흡수하는 것은 여반장이나 다름없는 일이었다.

"네놈들의 주인은 어디 있나?"

"……."

스르르르……

포위하고 있는 흑운들은 대답이 없었다. 대신 몸이 안개처럼 변하며 어둠 속으로 사라졌다.

'으음, 들었던 것과는 다르군.'

지금까지 대륙천안을 통해 보고된 흑운의 능력 중에 자신의 눈앞에서 펼쳐진 것 같은 것은 없었다.

'이 정도라니, 주변이 전혀 느껴지지 않는다.'

헌원호는 자신의 기감이 확장되는 곳까지 영역으로 둘 수 있는데도 불구하고 아무것도 느끼지 못하는 것을 깨달았다.

'마치 물속에 있는 것 같구나.'

느껴지는 것은 저항감을 일으키는 카오스뿐이었다.

에테르를 전부 차단하고 카오스만으로 자신을 가두었다. 흑운들 전부가 카오스를 사용하고 있는 것이 분명했다.

어둠의 흡혈 종족이 사용하는 신화와 비슷하지만 조금 달랐다. 음습하기 그지없는 신화와는 달리 패도적인 카오스가 넘실거리고 있었다.

'이런 공간을 구성한 것은 사라진 흑운들일 것이 분명하다. 도대체 어떻게 이 정도까지 성장을 시킬 수 있는 거지?

종류를 알 수 없는 능력을 사용하는 흑운들이다. 초월자인 자신을 가둘 수 있는 능력이라니 믿을 수 없는 일이다.

'흑운에게 자신의 권능을 부여한 것이 틀림없다. 루시퍼의 권능을 자신의 것으로 완전히 흡수한 것이라면 가능한 일이지. 이런 상황이라면 곤란할 수도 있겠군.'

자신을 가둘 수 있을 정도의 능력을 부여했다면 격이 훼손되는 것도 감수를 했다는 뜻이었다. 루시퍼가 작심을 한 것이 분명했다.

루시퍼는 창조주를 최초로 배신한 존재다.

최초의 인류이자 모든 유사 인류의 시조라고 할 수 있는 고대 엘프의 바람을 위해 처음으로 창조주를 배신한 루시퍼는 막강한 권능을 가지고 있었다.

마도학이 만들어지기 전에 자신의 권능을 나눠 창조주와 대적할 정도로 강했다.

루시퍼의 가장 강력한 권능은 자신의 권능을 권속들에게 부여할 수 있는 것이다. 에테르를 쓰건 카오스를 쓰건 어떤 존재라도 권능의 부여가 가능했다.

김윤일은 루시퍼가 가졌던 권능을 완벽하게 각성한 것이 틀림없었다.

어느 정도 상황이 유추되자 헌원호는 약간의 위기감을 느꼈다. 루시퍼의 권능을 부여 받은 흑운이라면 이미 초월자를 넘어 신의 영역에 발을 들였다고 할 수 있었다. 그런 자들 수십과 싸워야 하기에 소멸을 각오해야 할지도 몰랐다.

권능의 조각을 줄 때 제약을 걸어두었던 헌원호로서도 전혀 예상을 하지 못한 상황이었다.

피피피피핏!

공격이 개시된 것인지 사방에서 미세한 파공성이 들렸다. 암기가 날아오는 소리와 비슷했지만 그와는 사뭇 달랐다.

사사삿!

피피피핏!

헌원호의 신형이 미끄러지듯 자리를 벗어났지만 파공성이 계속 따라붙었다.

'뭐지?'

파공성이 분명 방향을 틀고 자신을 쫓아왔다.

더군다나 움직이는 와중에 느껴지는 강렬한 저항감은 헌원호를 당혹스럽게 만들었다.

'내가 권능을 사용하고 있는데도 이정도면······.'

공간을 제어하고 변화를 이끌어내는 것이 황제 헌원의 권능이다. 흔히들 호풍환우라 불리는 이능도 공간을 제어하는 권능에서 발생되는 현상이다.

공간 제어의 권능을 가졌음에도 차단당하는 것은 물론이고, 신체에 제약이 가해지는 것은 있을 수 없는 일이었다.

퍼퍼퍼퍼퍽!

움직임이 둔해지자마자 둔탁한 충격이 전신에 작렬했다.

에테르와 카오스가 융합한 에너지가 부지불식간에 발생하며 충격을 줄였지만 내부를 흔들었다.

'으음, 만만치 않은 충격이다. 선천적인 능력에 인공적으로 진화시킨 자들이라고는 믿을 수 없는 능력이군. 루시퍼가 권능을 부여해서 그런 건가?'

의지가 실려 있지 않은 공격 같은데도 의지가 흔들리는 충격이 전해지는 것을 느끼자 헌원호의 얼굴이 굳어졌다.

'어쩔 수 없군. 그놈도 분명 근처에 있을 테니 마지막 수단을 써야 되겠군.'

이대로라면 계속해서 공격을 허용하다 소멸에 이를 수 있다는 생각에 헌원호는 결심을 굳혔다.

흑운이 이 정도의 능력을 발휘하고 있다면 근처에 김윤일이 있을 것이 분명했다.

격이 훼손되더라도 공간을 찢은 후 김윤일이 숙성시키고 있는 혈정만 얻는다면 모든 것을 만회할 수 있었다.

파츠츠츠츠츠!

헌원호의 눈에 황금빛 광채가 어린 후 눈부신 빛이 전신에서 퍼져 나왔다.

황금빛 서기는 흑운이 차단한 공간을 뒤덮었다.

장막 같은 어둠에 군데군데 구멍이 생기기 시작했다. 하지만 구멍은 곧바로 메워졌다.

황금빛 서기가 점점 더 짙어졌다. 구멍이 뚫리고 메워지는 것이

반복되었다.

그러던 어느 순간, 더 이상 구멍은 메워지지 않고, 밤하늘의 별빛이 보였다.

헌원호를 둘러싼 어둠이 걷히고 황금빛 시기는 이내 사라져 버렸다.

"크으으으."

흑운을 모두 처리한 헌원호가 비틀거렸다.

"대단하군."

들려오는 목소리에 헌원호의 시야가 향했다. 그곳에는 루시퍼의 화신인 김윤일이 무심한 눈으로 서 있었다.

"네놈도 대단하긴 마찬가지다. 자신의 권속들이 모두 죽어나갔는데도 태연하다니."

"재미있군."

김윤일의 반응에 헌원호의 눈썹이 꿈틀거렸다.

"무슨 소리냐?"

"끝까지 시치미로군."

"시치미라니?"

"흑운이 가지고 있는 선천적인 능력은 조작되었다. 너 또한 거기에 관여했을 테니까 잘 알 테지?"

"으음."

담담하게 이어가는 김윤일의 말에 헌원호가 신음을 흘렸다.

입가에 가는 선혈을 흘리며 신형을 추스르지 못했던 헌원호가 몸을 바로 했다.

"흑운을 조작한 것은 아마도 나에게 심은 것을 회수하기 위한 안전장치였을 것이다."

"알고 있었나?"

"처음엔 몰랐었지. 얼마 전까지도 말이야."

"루시퍼의 권능 때문에 알게 된 건가? 그것만으로는 불가능했을 텐데?"

"누가 선물을 주더군. 덕분에 알게 됐지. 흑운의 진짜 모습을 말이야. 뭔가 있을 것이라고 예상을 하기는 했지만 완벽하게 흑운으로 화신을 한 것에는 조금 놀라기도 했고."

"알면서도 나오다니 배짱이 대단하군."

"나에게는 별로 상관없는 일이었다. 사실 네놈의 어설픈 연극을 구경하느라 조금 지겨웠는데, 시작할까?"

김윤일의 말에 헌원호는 오한이 들었다. 모든 상황을 알고 있으면서도 나온 것을 보면 자신이 있다는 뜻이었기 때문이다.

딱!

헌원호가 손을 들자 많은 수의 인영이 김윤일을 포위하며 나타났다. 조금 전까지 헌원호를 포위한 채 공격을 했던 흑운들이었다.

"이제 껍데기를 벗은 건가?"

흑운들의 모습이 조금 전과는 달랐다. 눈가에 어리는 은은한 금빛 기운은 헌원호의 그것과 닮아 있었다.

"나를 위협할 정도로 흑운들이 쓴 가피를 성장시킨 것은 대단하다만 이 자리가 네놈의 끝이 될 것이다."

"누가 끝이 될지 한 번 보지."

김윤일의 눈빛이 변하기 시작했다.

흰자위라고는 하나도 없는 검은 눈동자가 헌원호와 흑운이라 불리는 존재들을 무심히 바라보고 있었다.

"헉!"

헌원호는 변화된 김윤일의 모습을 보면서 헛바람을 삼켰다. 흑운을 통해 측정했던 루시퍼의 권능과는 완전히 달랐기 때문이다.

'어, 어떻게?'

에테르도 카오스도 아닌 제삼의 에너지가 김윤일의 몸에 흐르고 있었다. 반고가 전해 준 것보다 더욱 완벽하고 농밀하게 융합된 에너지였다.

파츠츠츠츠!

김윤일의 몸에서 피어오른 에너지가 찰나에 공간을 뒤덮었다. 변화된 흑운을 물론이고, 헌원호까지 집어삼킨 어둠에서 느껴지는 것은 아무것도 없었다.

공간을 제어하는 권능을 가진 헌원호도 그렇고, 반고로 비롯된 능력을 가진 흑운도 어둠 속에 삼켜진 후 움직임이 전혀 없었다.

김윤일이 권능을 펼치는 순간 나타난 어둠이 블랙홀처럼 모든 것을 삼켜 버렸기 때문이었다.

제5장

브리턴에서 만들어진 육신을 흡수하고 가족을 만나기 위해서
곧바로 미국으로 향했다.

"응?"

비밀 기지가 있는 지상의 별장에 도착하는 순간, 지구에 흘러
들고 있는 에테르와 카오스가 요동을 쳤다. 변화하는 세상에서
두 에너지가 요동치게 만든 변수는 하나뿐이었다. 김윤일이 새
롭게 각성한 권능을 발휘했을 때뿐이었다.

"그자를 손쉽게 모두 처리했나 보군."

찰나지만 태초의 혼돈을 만들어내 모든 것을 흡수해 버리는
것이 루시퍼가 가진 진정한 권능이다. 헌원호가 가진 황제의 권

능은 물론이고, 진짜 모습을 드러낸 흑운까지 모든 것을 삼켜 버렸을 터였다.

"이 정도 파장이면 다들 알아차렸을 것이다."

루시퍼가 사용한 권능이라는 것은 모르겠지만 태초의 혼돈이 창조주가 만든 대차원 안으로 진입했다는 것을 연결된 세상의 존재들이 알아차렸을 것이다.

격을 가진 존재들이 외계와 접촉하면서도 끝내 들어오지 못하도록 했던 혼돈이다. 세계와 세계를 이루는 존재들, 그리고 세계의 기반이 되는 에너지까지 모두 집어삼키는 진짜 혼돈의 출현에 다들 놀라 자빠졌을 것이다.

"이제 방아쇠가 당겨졌군."

내가 원하는 모든 것이 갖춰졌다. 루시퍼가 권능을 발휘해 태초의 혼들을 만들어낸 순간 세상의 진정한 변화가 시작됐다.

태초의 혼돈은 세상에 가득 찬 에너지들을 격발시키기 위한 촉매다. 의지를 가진 에너지들은 소멸하지 않기 위해 내가 새롭게 만들어낸 융합 에너지와 합쳐질 것이다.

"나오지?"

에너지들의 변화가 시작되자 곧바로 내가 있는 곳으로 와 대기 중에 숨어 있었던 가이아를 불러냈다.

"당신인가요?"

가이아는 굳은 어조로 물었다.

"무엇 말이지?"

"인과율 시스템을 손보고, 세상을 변화시키는 것이 당신 아닌가요?"

나에 의해 세상이 변하고 있다고 이미 결론을 내리고 나와 있었으면서 다시 물어보다니, 가이아의 생각이 궁금하다.

"이미 알고 있었으면서 새삼 물어보다니 재미있군."

"당신이 세상을 변화시키려는 것은 알았어요. 하지만 태초의 혼돈을 불러들이다니 미친 것 아닌가요?"

'세상을 뒤엎으려고 했으면서 걱정하다니 이상하군.'

태초의 혼돈은 한 순간에 창조주가 만든 대차원을 소멸시킬 수 있었기에 가이아가 화가 난 것 같다.

소멸까진 아니더라도 세상을 정화하려고 했으면서 이렇게 까지 화를 내다니 조금 시험해 볼 필요가 있는 것 같다.

"질질 끄는 것 보다는 이렇게 하는 것이 낫지 않나? 신이라 자칭하며 세상의 질서를 뒤흔든 존재들을 단번에 끝장을 낼 수 있으니 말이야."

"어서 멈춰요. 그렇지 않으면 세계는 물론이고 모든 생명이 소멸할 수도 있어요."

"이미 구르기 시작한 수레바퀴는 멈출 수가 없다. 가이아. 처음 움직이게 만든 존재가 나라 할지라도 말이야. 가이아 너도 준비하는 것이 좋을 걸. 격을 가진 존재들이 미쳐 날뛸 테니 말이야."

가이아가 어떤 계획을 가지고 있는지 모른다. 그래서 최악의 상황을 말해주며 코너로 몰았다.

'가이아, 어서 말해봐. 네 생각은 뭐지?'

지금 밝혀야 할 것이다. 태초이 혼돈이 등장한 이상 소멸을 피할 수 있는 방법은 누군가 창조주가 되어 세상을 안정시키는 방법뿐이니 말이다.

"하아! 전에도 그렇고 정말 못 말리는 분이군요."

전에도 그랬다니, 가이아는 나란 존재에 대해 이미 알고 있었던 것이 분명하다.

"무슨 소리지?"

"당신이 남겨 놓은 분신들이 욕망을 드러내는 것이 그렇게 마음에 들지 않았나요? 이 세상에 하나뿐인 유일한 존재라 늘 말하던 당신의 권위를 짓밟는 것 같아서 말이죠."

"무슨 말을 하는 건지 도저히 모르겠군."

도저히 이해할 수 없는 말이었다. 다른 존재를 두고 하는 말 같으니 말이다.

"이제는 들어야겠어요. 당신의 무슨 생각을 가지고 있는 지 말이죠."

말이 끝나기 무섭게 가이아의 몸에서 우유 빛 광채가 흘러나왔다. 에테르도 카오스도 아닌 것이 엄청난 에너지를 동반하고 있었다.

"이건 뭐지?"

"당신 거예요. 가져가세요."

"내 거라고?"

"그래요. 당신 거예요."

'정말인가?'

엄청난 에너지다. 그렇지만 아주 친숙한 에너지다.

화―악!

내 것일 수도 있다고 생각하자 가이아의 몸에 서린 광채가 아주 빠르게 정수리를 통해 몸 안으로 스며들었다.

콰―아앙!

정수리에서 섬광이 쳤다. 정확하게 말하자면 내 의식에서 폭발이 일어났다.

정신이 찰나의 순간에 무한히 확장되며 뭔가가 연결이 되기 시작했다.

'인과율들이로군.'

지구와 연결된 아홉 세상의 인과율 시스템들이 하나로 연결이 되고 있었다.

나와 연결된 후 하나로 이어지더니 커다란 시스템을 만들었다. 세상과 세상을 연결시켜 대통합이 이루어져 버린 것이다.

'이런, 인과율 시스템이 분리된다.'

통합되었던 인과율 시스템들이 다시 분리되기 시작했다.

그렇지만 조금 전과는 달랐다. 마치 컴퓨터의 본체를 지원하는 서브 프로그램처럼 변하고 있었다.

변화는 또 일어났다. 각 세상의 인과율 시스템이 나를 중심으로 돌아가기 시작한 것이다.

"가이아, 이게 뭐지?"

"참 더럽게도 봉인을 많이 걸어놨네요. 이럴 경우에는……."

가이아의 몸에서 또 다른 에너지가 흘러나오기 시작했다.

"그 그건!!"

놀랍게도 내가 에테르와 카오스를 융합한 에너지와 같은 것이었다.

"놀랐나요? 자 받아요. 그럼 모든 것을 알게 될 테니."

번쩍!!

이번에도 마찬가지였다.

가이아가 뿜어낸 에너지는 내 정수리로 스며들었고, 거대한 섬광이 의식을 가로질렀다.

티티티티티티티티티티틱!

내 의식과 연결이 된 인과율 시스템에서 뭔가 풀리는 소리가 연이어 들려왔다.

그와 함께 광활한 의식 공간에 정보가 들어차기 시작했다. 내가 알고 있는 것도 있었고, 모르고 있는 것도 있었다.

'으음. 이것이 끝이 아닌 건가?'

세상의 모든 정보가 인식이 되고 있었지만 이것만으로 끝이 아닌 것 같다. 무한할 것이라고 생각했던 정신의 벽이 허물어지고 있는 것 같으니 말이다.

콰—지직!

와르르르르르르르!

금이 간다고 생각했는데 한순간에 전부 무너져 내렸다. 그리고 보이는 것은 끝없는 공허!

공허에는 모든 것이 있었다.

에테르도, 카오스도, 그리고 혼돈마저도 아무것도 없어야 할 공허의 공간에 말이다.

가이아가 말한 것이 무엇인지 알겠다. 어째서 그런 말을 했던 것인지도 말이다.

저를 비롯해 세상을 창조했던 창조주의 의지가 내게 깃들었다. 아니, 내가 바로 창조주였다.

— 나는 무엇이지?

— 창조주에요. 이 세상들을 창조한.

내 물음에 가이아가 대답을 해왔다.

— 그런데 어째서 이런 기억들이 나에게는 없었던 것이지?

— 당신은 세상을 만들고 자신의 모든 것을 퍼트렸어요. 자신이 가진 한계를 무너트리기 위해서요. 보이지 않나요? 당신이 새롭게 열게 될 차원들이?

— 그렇기는 하군.

공허의 공간 안에서 보이는 것은 차원을 만들기 위해 필요한 것들이다.

세상의 기반이 되는 에너지도, 순환에 필요한 혼돈도 모두가 존재한다. 가이아의 말대로 내가 의식하기만 하면 차원들이 만들어질 것이다.

― 당신은 자신이 만든 세상이 불완전하다는 것을 알았어요. 당신과 같이 세상을 창조한 존재들의 실패를 보면서 확신을 했고요. 그래서 모든 것을 계획했어요. 새롭게 세상을 변화시킬 에너지를 만들고, 대차원을 확장시키기 위한 계획이었죠. 그리고 대부분 성공했어요. 에테르와 카오스를 합쳐 새로운 세상을 만들 에너지가 만들어졌지만 지금 생성되고 있는 것은 당신이 원하는 것이 아니에요. 이대로 진행이 된다면 모든 것이 소멸하고 마니까요.

'역시 그랬던 건가?'

회귀를 한 후부터 의식의 한구석에 계속해서 의심이 남아 있었다. 사실 시간을 거스르는 것은 신격을 가진 존재라 할지라도 불가능한 일이다.

그런 일이 내게 일어난 것을 보면서 내 존재에 대한 의심이 들었다.

이제 의심의 정체를 확실히 알았다. 내가 모든 것을 만들고 주관한 존재라면 회귀는 아무것도 아니다.

이 세상의 주인이었다면 말이다.

― 좋아. 내가 창조주의 의지를 이어받았다는 것은 인정하지. 그런데 어떻게 너는 이런 것들을 전부 알고 있는 거지?

― 당신이 생각하는 것들을 품어서 이 세상에 탄생시키는 존재가 바로 저예요. 당신에 대해 모든 것을 자연히 알 수 있는 진

정한 반려라고 할 수 있죠. 대답이 됐나요?

— 으음, 그렇군. 그래서 연미에게 네가 가진 가이아의 권능을 심은 건가?

— 맞아요.

— 어째서지?

— 당신의 의지는 지금 인간의 몸에 깃들어 있어요. 모두가 당신이 계획한 일이었죠. 당신은 당신이 창조한 세상의 끝을 확인한 후 되돌아 왔을 때 인간이 되고 싶어 했어요. 당신이 창조했으면서도 알 수 없는 존재가 인간이라며 말이에요.

— 인간이 되고 싶었다고?

— 그래요. 난 당신의 반려에요. 그리고 당신의 의지를 실현하는 거대한 시스템이죠. 당신이 돌아왔을 때 반려로서 자리하기 위해 내가 깃들게 될 인간이 필요했어요. 인간이 된 당신이 바라는 것을 실천하기 위해서 말이죠.

가이아는 모든 것을 품고 기르는 존재다. 그녀를 통해 태어난 존재들이 신격을 가질 정도이니 창조주의 의지를 현실에 실현할 수 있는 최고의 시스템이라고 할 수 있다.

그렇지만 인간이 된 창조주를 위해 자신도 인간이 되어 의지를 실현하겠다니, 정말 못 말리는 존재다.

— 그렇다면 이제 너는 사라지는 건가?

— 그래요. 지금은 인간의 몸이 아니니 말이죠. 이제 내 분신이자 본신이 될 그 아이가 각성을 시작할 거예요. 그리고 당신

처럼 나도 그 아이와 하나가 될 거고요. 그런데 어떻게 할 거지요? 지금 이대로라면 당신이 원하던 것이 하나도 이루어지지 않을 텐데?

— 그건 걱정하지 마라. 세상이 무너지거나 생명들이 소멸하는 일은 없을 테니까.

— 으음, 계획이 바뀐 모양이네요. 당신이 그렇다고 하면 그러겠지요.

내게 또 다른 계획이 있다는 것을 느낀 것인지 가이아가 순순히 수긍을 했다.

그와 동시에 가이아의 존재감이 흐려지기 시작했다.

— 이제 시작이 된 건가?

— 그래요. 당신의 의지를 조금이나마 확인을 했으니 시작이됐어요. 그럼 새로운 세상을 잘 부탁해요.

— 그렇게 하도록 하지.

가이아의 사념이 사라진 것을 느끼며 내 정신 속에서 빠져나왔다. 가이아의 모습이 보이지 않는다. 그리고 주변에서도 그녀의 의지가 사라지는 것이 느껴진다.

'곧바로 연미의 각성이 진행되고 있나보군.'

새로운 의지가 아주 강하게 피어나는 것이 느껴진다. 가이아의 말처럼 연미와 하나가 되고 있는 것 같다.

곧바로 별장으로 들어가 아래로 내려갔다. 연미를 제외한 가족들이 비밀 기지의 상부에 모두 모여 있었다.

"어서 오게, 사위."

"연미에게 무슨 일이 있는 겁니까? 장모님."

연미와 내방 앞에서 불안한 표정으로 서 있기에 물었다.

"연미에게 각성이 찾아온 모양이네."

장모님은 가이아에게서 권능을 받아 제일 민감하게 느끼시는 것 같았다.

"걱정하지 마세요. 본래의 능력을 완전히 되찾고 더 성장하려고 각성 중인 것 같으니까요."

"하지만……."

"아이도 괜찮으니 걱정하지 마세요."

"그래, 자네가 그리 말하면 괜찮겠지. 그런데 일은 다 끝난 건가?"

"예, 모두 잘 마무리했습니다. 배가 고픈데 밥 좀 차려주시겠어요, 장모님?"

"연미가 각성을 해서 다들 식사하기 전인데 같이 하세나. 언제 끝날지 모르니 말이야."

"식사 준비가 끝날 때 정도면 연미의 각성도 마무리될 테니 같이 식사를 할 수 있을 겁니다, 장모님."

"알았네."

장모님은 걱정이 가시지 않으셨는지 연미가 들어가 있는 방을 한 번 보시더니 식사 준비를 하러 가셨다.

"그래, 이제 어떻게 할 건가?"

"그래, 말 좀 해봐라."

옆에서 가만히 계시던 장인어른이 궁금한 듯 물으셨고, 아버지도 속내를 드러내셨다.

"자, 다들 거실로 가시죠. 말씀드릴 것이 있으니 말이죠."

"알겠네."

거실로 온 후 지금까지의 일을 모두 말씀드렸다. 이야기가 이어지는 동안 당신들이 세상의 중심에 서게 되었다는 사실이 믿겨지지 않는 듯 모두 고개를 저으셨다.

"창조주가 불안전한 세상을 바꾸기 위해 모든 것을 희생하고, 이런 상황을 만들었다고 듣기는 했지만 나는 여전히 믿어지지가 않네."

"믿어지지 않으시겠지만 사실입니다, 장인어른. 연미가 각성을 끝마치고 나면 더욱 확실히 아실 수 있을 겁니다."

"알겠네. 그나저나 사위가 가진 의지의 일부가 이 세상을 창조한 이의 것이었다니 정말 놀라운 일이네."

"사실 저도 놀랐습니다. 창조주의 의지가 저에게 이어졌다고 해서 말이죠."

이야기를 하는 동안 내 의지 자체가 창조주였다는 것은 말씀을 드리지 못했다.

그저 의지의 일부를 이어받았다고 했을 뿐이다. 지금의 나는 인간의 몸이기도 하고 괜히 부담을 드리고 싶지 않아서다.

장인어른은 아버지처럼 내 이야기를 아직 완전히 믿지 않고 계시는 것 같지만 그렇다고 불신하는 것은 아니신 듯했다.

연미가 깨어나면 변화된 모습을 통해 아시게 될 것이기에 더이상 말씀을 드리지는 않았다.

하지만 아버지는 조금 다르신 모양이었다.

"그러니까 우리가 속한 대차원이 진화를 하기 시작했고, 신들이라 불리는 존재들이 재정립된다는 소리인 것이냐?"

"맞습니다."

내가 한 이야기를 정리하는 것 같은 아버지의 말씀에 대답을 해드렸다.

"차훈아, 그러면 신격을 존재들은 어떻게 할 생각이고, 일반인들은 어떻게 보호하려는 것이냐?"

아버지가 앞으로의 일을 물으신다.

"신격을 지닌 존재들은 보통 사람들에게 아무런 해코지를 하지 못할 겁니다. 그렇게 하려는 순간 곧바로 소멸을 면치 못할 테니까요. 남은 것은 이제 격을 지닌 존재들이 승부를 가르는 것뿐입니다."

"승부를 가리다니 무슨 말이냐?"

"이제 한 달 후에 세상이 완전히 바뀝니다. 그러면 그들은 한곳으로 모이게 될 겁니다. 그리고 자신들의 원하는 것을 하게 될 것입니다."

격을 올려 창조주가 되고 싶어 하는 이들이다. 이미 외계와 접촉해 성장의 가능성을 확인한 이들이라 서로가 상대가 가진 권능을 탐낼 것이다.

혼돈의 에너지인 카오스로 상대의 권능을 흡수할 수 있다는 것을 알게 될 것이니 말이다.

"하지만 차훈아. 신격을 지닌 존재들이 격돌을 하게 되면 세상에 문제가 발생하지 않을지 모르겠다."

아버지의 얼굴에는 걱정의 빛이 완연하다. 신이라 불리는 존재들이 싸우게 되면 세상에 큰 여파가 미치게 될 것이기 때문일 것이다.

"아버지, 그들이 모이는 장소는 지구와 연결된 세상과는 다른 곳입니다. 그러니 우리가 살고 있는 세계에는 그리 큰 영향을 끼치지는 못할 겁니다."

"그렇다면 다행이구나."

고개를 끄덕이시며 안심하신 표정이시다.

"그러면 차훈아. 우리가 준비해야 하는 것은 무엇이냐?"

"말씀을 드렸다시피 신격을 지닌 존재들은 너 나 할 것 없이 새롭게 만들어지는 세계로 가게 될 겁니다. 저를 비롯해 연미와 어머님이 가게 되겠지요. 그러면 아버지와 장인어른은 제가 부탁드리는 일을 해주시면 됩니다."

"일반인들에 대한 것이냐?"

"예, 아버지."

"그래, 무슨 일이냐?"

앞으로 벌어질 일에 대해 말씀을 드리고, 어떻게 해야 하는지 차분히 설명을 드렸다. 이미 준비가 끝난 일이라 충분히 하실 수 있는 일이었다.

"너도 알다시피 신격을 지니지 못한 존재들이지만 강력한 능력을 지닌 자들이 많을 것이다. 그런데 남아 있는 우리만으로 가능하겠느냐?"

"우선 이곳에 있는 능력자들이 돕게 될 겁니다. 테라 나인을 비롯해 장로들이라면 상당한 전력이 될 겁니다. 그리고 인과율 시스템과 접속이 가능한 존재가 아버님과 장인어른을 지원하게 될 테니 너무 염려하지 않으셔도 됩니다."

"인과율 시스템과 접속할 수 있는 존재라니?"

"머지않아 접촉을 하시게 될 겁니다. 그러면 지원을 받을 수 있는 이들과 연결이 될 테니 정리하시는 일을 그다지 어렵지 않을 겁니다.

"그렇다면 안심이다."

아직 보여준 것이 아무것도 없는데도 아버지가 고개를 끄덕이신다.

"사위, 그러면 신격들이 승부를 가리게 된 이후에는 어떻게 되는 것인가?"

"상황에 따라 조금 다르기는 하겠지만 세상이 바뀌게 될 겁니다. 전과는 조금 다른 세상이 될 거구요."

"어떻게 다르다는 말인가?"

"보통 사람이 각성을 하기 조금은 쉬워질 겁니다. 그리고 자격이 되면 누구나 오갈 수 있게 될 테고요."

"이면 조직의 능력자들이 완전히 세상에 드러나게 되겠군. 일반인들도 능력자가 될 테니. 하지만 기존의 능력자들에 비해 전력이 떨어질 텐데 어떻게 할 생각인가?"

"인과율 시스템이 보통 사람이 능력을 각성할 수 있도록 도울 겁니다. 그리고 자격을 갖추기 전까지는 시스템에 의해 보호가 될 겁니다."

"인과율이 간섭을 하면 안전에는 문제가 없다는 것인가?"

"그렇습니다. 신격을 지닌 존재는 물론이고, 세상에 존재하는 모든 이들이 창조주가 될 수 있다는 인과율이 세상에 새겨지게 됩니다. 이미 각성한 능력자도 기회를 얻기 위해서는 인과율을 위배해서는 안 된다는 것을 알게 될 겁니다. 거스르면 격을 성장시키지 못하는 것뿐만이 아니라 소멸이라는 대가를 받게 된다는 것도 말이죠."

"알았네."

장인어른이 고개를 끄덕이신다.

부엌에서 음식을 만들고 계시는 장모님도 능력자인지라 우리가 하는 대화를 모두 들으시고 계셨는지 다시 손놀림이 분주해지신다.

'가이아와의 융합이 거의 끝나가는 모양이군.'

연미가 들어간 방에서 에너지가 안정되고 있었다. 연미의 의식이 전보다는 아주 크게 성장했다는 것이 느껴진다.

'조금 걱정이 되긴 하는군.'

연미가 가이아와 하나가 됐을 것이기에 걱정스럽다. 더군다나 아이까지 가진 마당이라 빠르게 방으로 향했다.

방문을 열고 들어서자 연미가 가부좌를 틀고 앉아 있다. 남산만 한 배를 한 채 가부좌를 틀고 있는 모습이 안쓰럽다.

"왔어요?"

"그래. 괜찮은 거야?"

"걱정하지 말아요, 이 정도는 끄덕도 없으니."

연미도 그렇고 뱃속의 아이도 격이 성장한 만큼 육체도 진화를 한 것 같은데 별다른 이상은 없는 것 같아 다행이다.

"장모님께서 식사 준비를 하시고 계시니 어서 나와."

"알았어요."

가부좌를 풀고 자리에서 일어나는 연미를 부축해 식당으로 나섰다.

장모님은 어느새 요리를 끝내시고 식탁에 음식들을 놓고 있었다. 서양식으로 간단하게 차려진 식탁이었다. 차려진 음식들은 상당히 맛이 좋았다.

식사가 끝나자 장모님은 차를 끓였다. 은은한 녹차 향을 음미하며 한 잔씩 마시고 난 후 연미가 말을 꺼냈다. 자신의 각성으로 인해 염려했던 가족들에게 상황을 설명해 주기 위해서였다.

"전 가이아와 하나가 됐어요."

"가이아와 하나가 되었다면 신격을 가지게 됐다는 말이니?"

"엄마도 느껴보세요. 그러면 아실 거예요."

장모님이 조용히 눈을 감고 집중했다. 시시각각 변하는 장모님의 얼굴 표정이 재미있다.

"이거 참!"

가이아의 선택을 먼저 받았던 장모님이기에 연미가 어떤 격을 가지게 됐는지 누구보다 잘 아시기에 곤혹스러운 모양이다.

하기야 장모님은 가이아의 권속이나 마찬가지신데 따린 연미가 가이아나 마찬가지니 심란하실 것이다.

"엄마, 난 언제나 엄마 딸이야."

"그렇지?"

"그럼."

"에고, 다행이다."

안도하듯 숨을 크게 내쉬는 모습이시다.

"여보, 왜 그래?"

"연미는 지금 가이아나 마찬가지에요. 방금 전에 관계를 정리했고요."

"으음, 그랬군."

장인어른도 이해하신 것 같지만 걱정이 얼굴에 가득하다.

"사위, 자네 말대로 연미도 신격을 가지게 된 것 같은데 자네가 말한 그곳으로 가도 문제가 없겠나?"

"몸을 푼 후에나 그곳으로 가게 될 테니 걱정하지 마십시오. 장인어른."

"하지만……."

"걱정하지 마세요. 아빠. 아이를 낳아도 원래 상태로 금방 회복이 되니까요."

"맞습니다. 장인어른. 연미는 보통 사람과는 다른 몸을 지니게 됐습니다. 아이를 낳고 바로 가는 것도 아니고, 하루 정도면 원래 상태로 회복이 되니 걱정하지 않으셔도 됩니다."

"알겠네."

장인어른도 이해를 하신 듯 고개를 끄덕였다.

"아가가 가이아와 하나가 됐으니 우선 이곳부터 정리를 해야 할 것 같은데 그것은 어떻게 할 생각이냐?"

아버지가 이곳에 있는 가이아의 권속들에 대해 물으신다.

"연미가 정리를 할 겁니다. 이곳에 있는 권속들도 가이아와 연미가 하나가 됐다는 것을 알고 있으니 문제는 없을 겁니다."

"잘됐구나. 이곳 시설이나 인원이라면 많은 도움이 될 테니 말이다."

"예, 아버지."

"그럼 시작되는 시기는 정확히 언제로 보고 있느냐?"

"앞으로 정확히 49일 후에 세상이 완전히 바뀌게 됩니다. 그동안은 준비를 해야 할 겁니다."

"알았다."

굳은 얼굴로 다들 고개를 끄덕이신다. 특히나 장모님과 연미가 새로운 세계로 가야 하는 터라 장인어른의 표정은 비장하기까지 하다.

걱정하지 말라는 듯 장인어른의 손을 연미가 꼭 잡아주는 것
이 보인다.

"이젠 연미와 회의장으로 가봐야 할 것 같습니다."

"그래라."

연미와 하나가 되기 전에 가이아가 연락을 취한 것인지 사람
들이 대회의장에 모여 있었다.

앞으로 어떻게 해야 할지 명령을 내려야 하기에 연미와 함께
대회의장으로 향했다.

대회의장에는 가이아에 속했던 이들이 모두 모여 있었다.

장로들을 비롯한 능력자들을 비롯해 나에게 속하게 된 테라
나인까지 대회의장 안은 꽉 차 있었다.

회의장에 도착한 후 자신에게 쏟아지는 사람들의 시선을 받
으며 연미는 중앙에 마련이 된 발언대로 향했다.

"모두들 느꼈을 것 같으니 긴말은 하지 않겠습니다. 앞으로
우리가 할 일은 일반인들을 보호하는 겁니다."

"말씀만 하시면 그대로 이루어질 겁니다. 가이아."

장로 중 하나가 대답을 하며 고개를 깊이 숙였다. 가이아 다
음으로 직위가 높은 대장로였다.

"이제 세계의 변화가 끝이 나면 치열한 시대가 시작될 겁니
다. 시작되는 새로운 시대에는 모두가 주역이 될 수 있습니다.
능력자는 물론이고, 일반인도 성장해 격을 갖출 수 있다는 뜻입

니다. 그것은 여러분도 마찬가지입니다."

연미의 말에 회의장에 모인 이들이 하나 같이 경악을 감추지 않았다. 자신들이 신이 될 수도 있다는 소리였기 때문이다.

"무슨 말씀입니까?"

"새로운 시대가 되면 신격을 갖춘 존재라 할지라도 권속을 둘 수 없습니다. 동등한 관계로 협력은 가능하겠지만 강요하거나 휘하로 거둘 수 없다는 뜻입니다."

"그, 그것이 가능합니까?"

"가능합니다. 세상의 변화가 끝나는 날! 여러분은 자신의 존재에 대한 의미를 아시게 될 겁니다. 그리고 그 존재의 의미는 그 누구도 꺾을 수 없는 것입니다. 이해하기 힘드시겠지만 여러분이 제 권속으로 있을 시간이 얼마 남지 않았습니다. 그래서 한 가지 부탁을 드리겠습니다. 앞으로 노력하고 정진하세요. 그래야 새로운 시대를 살아갈 수 있을 겁니다."

"명심하겠습니다."

아직은 이해하지 못할 것이다. 새로운 세상이 되면 자신들이 어떻게 변하는지 말이다.

하지만 지금은 가이아의 권속이다. 그러니 따를 것이다. 가이아와 하나가 된 연미의 명령을.

"앞으로 많은 인원이 이곳으로 올 겁니다. 그리고 여기에 있는 인원들이 세계 곳곳으로 나가기도 할 것이고요. 세상이 시작되는 그날 여러분이 어디에 있던 축복이 있을 겁니다."

연미는 자신의 권속에 대한 축원을 했다. 명색이 창조주의 의지를 가진 존재로서 아내인 연미의 축원이 헛것이 되게 할 수는 없으니 나도 약간의 축복을 내렸다.

저들이 어떤 선택을 하게 될지는 모르겠지만 스스로를 아는 순간 내가 내린 축복이 조금은 도움이 될 것이다.

'드디어 시작이 되는군. 인과율 시스템을 확인하고 젠을 불러들이자.'

이제 가이아로서의 마지막 명령이 권속들에게 전달이 되었다. 세상이 완전히 변하고 새롭게 자신의 존재를 자각하기 시작하면 이 명령에 대한 각인은 자연적으로 사라질 것이다.

그러기 전까지 이들을 통제하고 지원할 존재가 필요하다. 이들을 지원하기 위해 젠을 고려하고 있다.

젠과의 연결을 끊었지만 언제든지 가능하다. 전이라면 모를까 세계의 인과율 시스템이 모두 통합되고 새롭게 진화되었기에 젠 또한 변화가 있을 터였다.

― 젠!

― 마, 마스터.

― 이제 브리턴을 벗어났나?

― 벗어났습니다.

― 고대 엘프들에게서는?

― 그 또한 벗어났습니다.

― 다행이군.

통합되면서 젠이 변화했다. 브리턴의 인과율에서 벗어났고, 고대 엘프와의 관계도 완전히 청산이 된 상태다. 물론 지구의 존재들이 드리웠던 그림자도 지워졌다.

— 이제 너는 세상의 감시자로서 역할을 다하게 될 것이다.

나는 의지를 통해 젠에게 소명을 부여했다.

젠은 이제 새로 정립된 세상에서 독립된 존재로서 내 전령의 역할을 하게 될 것이다. 또한 통합된 인과율 시스템과 신격을 가지게 될 존재들을 감시하는 존재가 될 것이다.

선명해지는 젠의 자아를 느끼며 그동안 제한해 왔던 정보를 개방했다. 물론 내 계획도 전부 공개했다.

— 세상의 주인······.

— 그만!! 너도 이제 알게 되었을 테지만 난 이제부터 새로운 존재가 될 것이다. 잘 부탁한다.

젠이 내 정체를 알게 되었지만 이제 얼마 뒤면 지나간 과거가 되는 일이다. 만물과 생령 속에서 내 스스로의 의지로 살아가고 싶어 하기에 젠이 전과 같이 나를 대해 주기를 바랐다.

— 알겠습니다, 마스터.

— 세상을 인지했나?

— 연결된 세상은 물론이고, 외계까지 세상의 모든 정보를 인지했습니다.

— 좋아! 이제 얼마나 남았지?

— 48일 21시간 39분 24초 남았습니다.

— 샴발라는?

— 마스터의 의지대로 준비가 끝났습니다.

— 초대하기 위한 인식을 시작해라, 젠.

— 예, 마스터. 신격을 가진 존재들에 대한 인식을 시작하겠습니다.

이제부터 연결된 세상은 물론이고, 외계의 존재들 전부에게 인식표가 붙을 것이다. 새로운 세상으로 초대할 인식표다.

창조주의 권능으로 발휘되는 것이라 신격을 가진 존재들은 초대를 거부하지 못한다. 세상이 창조된 후 신이라 불린 존재들이 모두 한 자리에 모이는 것이다.

'너희는 이제 알게 될 것이다. 너희가 특별한 존재가 아니었음을 말이다.'

창조주는 창조의 씨앗을 틔워 격을 갖게 된 존재들이 선구자가 되기를 바랐다. 자신이 부족해 불완전한 상태인 세상의 버팀목이 되어 주기를 말이다.

하지만 그들은 불완전한 인과율 시스템을 이용해 자신들의 욕심만 채웠다. 창조주가 되기를 열망하는 것은 말릴 수 없지만 본분을 저버리고 인과율에 역행하는 방법으로 뜻을 이루려 했다.

이제 그 대가를 받을 것이다.

"믿을 수 있나요?"

젠과 교감하는 일은 거의 찰나 간에 끝났다. 그럼에도 연미가 알아차린 모양이다.

"걱정하지 마. 완전히 바뀌었으니까. 우리가 떠나도 젠이 잘 해줄 거야."

"다행이네요."

"이제 갈까?"

"그래요."

신격을 가졌다지만 아이를 가진 몸이라 힘들어하는 연미를 이끌었다.

산일이 다가온 터라 연미도 몸조심을 하고 있는 중이다. 무리가 가지 않도록 연미의 주변에 의지를 펼쳐두었다.

상층부에 있는 방으로 돌아온 후로는 비슷한 나날이 지속됐다. 몸조심하며 태교에 전념하는 연미를 돌보는 일상이었다.

반면에 비밀 기지에 있는 가이아의 권속들은 바쁘게 움직였다. 백성준 장군의 권능을 그대로 구현할 수 있는 젠이 연미의 허락을 받고 권속들에게 내가 준비한 계획들을 실행시켰기 때문이다.

이십 일이 흘렀을 무렵 반수 정도의 권속들이 비밀 기지를 빠져 나가 세계 곳곳으로 흩어져 나갔다. 제주도에서 빠져나간 사람들을 서포트하기 위해서였다.

테라 나인 중 탱크와 유리안을 제외한 일곱 명도 비밀 기지를 나섰다. 그들이 향한 곳은 가장 전력이 강한 이면 조직들이 새롭게 장악한 게이트였다.

북아메리카 옐로스톤 공원, 남아메리카의 아마존, 아프리카

킬리만자로, 유럽의 알프스, 호주의 붉은 바위, 그리고 아시아 대륙의 시베리아와 파미르였고, 나로 인해 새롭게 연결이 된 게이트에 할 일이 있어서였다.

테라 나인이 해야 할 일은 게이트를 빼앗는 것이 아니었다. 세계가 변화하는 시점에 맞추어 확장하는 것이 이들이 할 일이었다.

탱크와 유리안이 기지에 남은 이유는 마지막 날 나와 함께 샴발라로 향하게 되어 있기 때문이다.

그렇게 준비를 끝내고 산일이 가까워지자 출산 준비가 시작되었다. 신격을 갖추고 권능을 지니고 있기는 하지만 둘 다 인간의 몸을 가지고 있어서인지 불안해하는 우리를 위해 장모님과 아버지가 나서신 것이다.

출산 경험이 있으신 장모님께서는 연미를 안심시켰고, 비록 양부모님이시기는 하지만 아버지와 어머니께서 의사였던 터라 출산 준비는 그다지 어렵지 않았다.

세계의 변화가 일주일 앞으로 다가온 날 갑자기 연미가 배를 쥐고 인상을 썼다.

"아아!"

"왜 그래?"

"진통이 온 것 같아요."

"이런! 장모님!"

급한 기색이 역력한 내 목소리에 장모님이 부랴나케 달려오셨다.

"무슨 일인가?"

"연미가 진통을 시작한 모양입니다."

"정신 차리게. 사위. 어서 산실로 옮기세."

"예, 장모님."

정신없는 나를 채근하는 장모님의 목소리에 부드럽게 연미를 양팔로 안아 산실로 갔다.

방 하나를 비워 산실로 꾸며 놓았다. 만약의 경우를 대비해 산실에서 문으로 통하는 옆방에 수술 장비까지 완벽하게 갖추어 놓았다.

산실로 가서 침대에 연미를 눕혔다. 준비는 완벽하지만 너무 떨려서 정신이 없다.

"사위는 어서 나가 있게. 여기는 나와 안사돈 어른이 있으니 말이야."

"예, 장모님."

쫓기듯 산실에서 나왔다. 밖에서는 아버지가 장인어른의 도움을 받아 수술 준비를 하시고 계셨다.

"너무 떨지 마라. 의사가 둘이나 있고, 아가도 건강하니 순산할 테니 말이다."

"예, 아버지."

대동강에서 나를 건져내고 양아들로 삼으신 아버지가 침착한 어조로 나를 다독여 주셨다.

"세상이 요동을 치고 있으니 자네도 준비하게."

"예, 장인어른."

연미가 아이를 낳는 동안 나도 할 일이 있다.

세상이 개벽하고 완전히 바뀌는 날이 머지않아서인지 에너지의 흐름이 폭풍처럼 휘몰아치고 있어 산실 주변에 결계를 쳐서 안정시켜야 한다.

보통 사람이라면 별다른 문제가 없겠지만 출산하는 순간이 산모와 아이의 격이 흔들려 가장 약해지는 시기라 보호가 필요한 까닭이다.

아버지가 다른 문을 통해 수술실로 들어가시고 난 후 서른세 겹의 결계들을 산실과 수술실, 그리고 최상층 주변에 각각 쳤다. 과하다 싶을 정도이기는 하지만 혹시나 하는 아버지의 마음 때문이다.

결계가 쳐지고 나서 에너지의 흐름이 안정을 되찾아서 그런지 기분이 좋아진다.

"아아악!"

산실에 있는 연미의 비명이 밖까지 들려온다. 들어가고 싶지만 내가 존재감으로 인해 아이와 연미에게 해가 될까봐 그러지 못한다.

더군다나 산실 주변에 쳐진 결계가 작동하고 있어 나라 할지라도 쉽게 들어가지 못한다.

'진짜 미치겠군.'

어떻게 할 수 없다는 사실 때문인지 마음만 급하다. 내가 대신 아팠으면 좋겠다는 심정뿐이다.

진통이 시작되고 한참 동안이나 비명이 들려왔다. 비명이 흐르는 동안 어쩌나 시간이 가지 않는지 미칠 지경이다.

"아아아아아악!"

"으으으으으앙!"

힘을 쓰는 커다란 비명 소리와 함께 어린 아이의 울음소리가 들려왔다.

드디어 아버지가 된 것이다. 혹시나 몰라 주변에 쳐둔 결계에 의지를 더해 강화를 시켰다.

잠시 뒤 산실 문이 열렸다.

"이제 들어와도 되네. 사위. 둘 다 건강하네."

장모님의 말씀에 두근거리는 심장을 진정시키며 산실로 들어갔다.

연미가 다른 침대에 누워 있었다. 땀이 흘러 젖은 채 흘러내린 머리칼이 닿을까봐 조심스러운 모습으로 강보에 싸인 아기를 보고 있었다.

"여보, 당신 아이에요."

"그래, 고생했어."

신격을 갖춘 존재임에도 아이를 낳는 것이 힘이 들었던 모양이었기에 연미의 손을 꼭 잡고 위로해 주었다.

"어서 봐요. 당신 닮아서 아주 예뻐요."

"그래."

태어나기 전부터 격을 가진 존재들로부터 영향을 받아서 그런지 보통 아이가 아니다. 양수에 불어서인지 자글자글한 피부외는 달리 나를 바라보는 눈동자는 별처럼 아름다웠다.

'부모라는 것이 이런 것이구나.'

의지만으로 신적인 존재를 탄생시켰던 창조주가 느꼈던 것과는 전혀 다른 감흥이 인다.

— *아가! 너는 원하는 대로 살 것이다. 너 자신에 교만하지 않고, 세상의 모든 존재들을 긍휼히 여기도록 해라.*

특별한 아이이기에 의지를 실어 의식에 내 뜻을 남겼다. 내가 줄 수 있는 최상의 선물이었다.

"아버지, 장인어른. 한 번 안아보세요."

"그래요. 한번 안아 보세요."

아이에게 손을 대지 못하시는 두 분에게 말씀을 드리자 연미가 거들었다.

"하하하, 그래."

"내가 손자라니!"

두 분은 기뻐하시며 아이를 번갈아 안아 주셨다. 환하게 웃으시는 모습을 보면서 기분이 좋았다.

회귀 전에는 미처 느껴보지 못했던 느낌이다. 가족이 너무 소중해졌다.

제6장

6

아이를 낳았지만 연미의 신체는 금방 회복이 되었다. 신격을 가진 존재이기도 했지만 이곳에서 와서 아버지가 만든 정수도 큰 도움이 됐다.

칠령에 비할 바는 못 되지만 자연의 기운이 골고루 담긴 정수가 신체 회복을 도왔다.

더군다나 아버지가 만든 정수는 내 영향을 받아 에테르와 카오스가 융합된 에너지로 만들어져서 효과가 더욱 좋았다.

손자에게 주고 싶지만 방법을 몰랐던 아버지의 부탁으로 아이에게도 정수를 흡수시켰다. 연미는 간단하게 먹으면 그만이었지만 아이는 그렇게 할 수 없었기에 내가 대신 한 것이다.

부모님과 장인어른 내외분이 무척이나 좋아하셨다.

정수를 흡수하고 피부가 탱탱해졌고, 이목구비도 훨씬 선명해져서인지 손자를 아주 예뻐 하셨다.

"그런데 이 아이는 괜찮은 건가?"

"너무 걱정하지 마세요. 장모님. 아직은 신격을 가질 수 없으니 말이죠."

"그렇지만 자네와 나, 그리고 연미는 떠나야 하지 않은가?"

"어머니가 돌봐 주실 겁니다. 그리고 갔다가 오는데 그리 오래 걸리지도 않을 테니 염려하지 않으셔도 돼요."

"알았네."

너무 어린 갓난쟁이라 걱정이 드시는지 장모님의 시선이 아이에게서 떨어지지 않는다.

장모님은 모르시겠지만 나와 연미의 아이는 다른 이들과는 다르다. 남들 보다 빠르게 성장할 것이고, 우리가 떠날 때 정도면 많이 자라 있을 것이기에 장모님이 걱정하시는 것만큼 위험을 없을 것이다.

"그런데, 박 서방."

"예, 어머님."

"아이의 이름은 언제 지을 건가?"

"조금 기다려야 할 것 같습니다."

"세상이 변하는 것 때문인가?"

"예, 어머님."

"알았네."

아직까지 아이의 이름을 지어주지는 않았다. 아이의 이름은 세상의 완전히 변하는 날에 불려질 것이다.

"그나저나 어머님은 어떠세요?"

"예전의 힘을 모두 되찾고 자네가 준 것도 흡수를 끝냈네. 전장으로 가더라도 짐은 되지 않을 것 같네."

"다행이네요."

"나는 그런데 연미는 어떤가? 아이를 낳은 지 얼마 되지 않았는데 말이야."

"너무 걱정하지 마세요. 연미도 이제 충분히 회복을 했으니까요."

가이아의 모든 것을 갖게 되었지만 아이 때문에 마음대로 쓸 수 없었던 터라 연미는 지금 방에서 수련중이다.

얼마 전에 권능을 의지대로 발휘할 수 있게 되었고, 세상이 변하며 만들어 진 융합 에너지도 자유롭게 이용할 수 있게 되었지만, 격을 좀 더 높이기 위해서다.

연미의 성장을 돕기 위해 내가 약간의 도움을 주었는데 신들의 전장으로 가기 전까지는 수련을 끝낼 수 있을 것 같다.

"그나저나 그곳으로 가게 되면 곧바로 싸워야 할 텐데 다른 준비는 필요 없는 것인가?"

"예, 어머님."

"그리고……."

장모님이 말씀을 하시려다 만다.

"그냥 말씀하세요."

"알았네. 우리가 그곳으로 가고 나면 보통 사람들은 어떻게 되는 건가?"

"아직은 정확하게 말씀을 드릴 수 없지만 원하는 삶을 살 수 있게 될 테니 너무 염려하지 마십시오."

"박 서방이 그렇다면 그렇겠지."

장인어른을 비롯해 아버지와 어머니도 여기에 남아 있게 되니 걱정이 되시나 보다.

"자네도 준비를 잘 하게. 우리가 믿는 것은 자네뿐이니."

"예, 장모님."

장모님은 말씀을 마치고 아이를 보러가셨다. 앞으로 어떻게 될지 불안하신지 자신의 핏줄인 손주 곁에 계시는 시간이 많으시다.

'이제 9부 능선을 넘은 상태다.'

지금 일이 벌어지더라도 내가 주고자 하는 것을 받지 못할 뿐이지 보통 사람들에게 별다른 탈은 없을 것이다.

시간이 조금 늦어지기는 하겠지만 내가 주고자 하는 것을 스스로 얻을 것이기에 걱정하지 않는다.

'으음, 그나저나 이제 슬슬 움직일 때가 되었는데 가만히 있는 것이 이상하군.'

스스로 소멸의 길로 들어선 스승님과 할아버지는 외계와 연계가 되지 않았다는 것을 확인했지만 수용소의 소장이었던 자는 아니다.

지금까지 내가 직접 확인하지 못한 것은 두 가지다. 천환의 마지막 인물인 수용소장과 미하일이다.

내 의지와 통합된 인과율 시스템으로 온 세상을 다 확인했는데도 두 존재를 찾지 못했다.

찾지는 못했지만 그들이 있을 곳은 분명하다.

샴발라!

이미 외계와 연결이 된 그곳에 수용소장과 미하일이 있을 것이다. 인과율이 닿지 않는 곳은 샴발라뿐이니 말이다.

브리튼에서 외계와 연결이 된 통로를 틀어막은 후에 지구로 돌아와 혈정을 만들었던 마도학의 유산도 회수했고, 구조물도 거두어 들였다.

그리고 만들어진 혈정들이 다 어디 있는지도 확인이 끝났다.

확인되지 않은 것은 샴발라에 열렸을 통로와 미하일이 가진 혈정뿐이다. 둘 다 내 계획에 변수가 될 수 있는 것들이다.

세계의 변화가 끝나가고 있는 지금 샴발라에 있는 통로가 완전히 열렸을 테고, 혈정도 마음먹은 대로 다룰 수 있을 텐데 움직이지 않고 있는 것이 의외다.

'수용소장과 미하일이 전부터 연계가 되어 있을 가능성이 높은데 세상이 변했음에도 움직이지 않는 것을 보면 뭔가 다른 것을 노리는 건가? 속내를 감추고 다른 것을 노리고 있다고 해도

이제 변하는 것은 없으니.'

뭔가 수를 쓰려면 벌써 해야 했다. 세계의 완성을 저지하려면 나라 할지라도 소멸을 각오해야 하니 말이다.

'뒤집을 수 없다는 것을 알고 있고, 이후를 배비하는 깃일지도 모르겠군. 그렇다면……'

수용소장과 미하일은 어쩌면 신격을 가진 존재들이 앞으로 가게 될 신들의 전장에 대해 알고 있을 지도 모르겠다는 생각이 들었다.

'자신이 있다는 건가?'

신들의 전장에 가게 되면 신격을 가진 존재들은 자신들의 진정한 적과 싸워야 한다.

지구가 속한 대차원과 연계된 외계의 그 너머에서 몰려올 적들을 맞아 세상을 지켜내는 것이 그들에게 부여된 마지막 소명이다.

창조주의 의지를 배반하고, 권능을 남용한 죄의 대가로 신들의 전장에서 속죄의 길을 걸어야 하는 것이다.

신들의 전장은 신격을 가진 존재들에게는 시험장이나 마찬가지다. 앞으로 열어나갈 새로운 세계에서도 자신의 격을 유지할 수 있는 지 시험하는 곳이니 말이다.

─ 젠, 준비는?

─ 모두 끝났습니다.

─ 좋아. 세팅 시점은 내가 계획한 대로 됐어?

― 개인별로 전부 인식시켜두었고, 인과율 시스템과의 연동 준비도 끝났습니다.

― 힘들지는 않았나?

― 규격 이외의 존재들을 제외하고는 힘들지 않았습니다. 신격을 가진 존재들이라 하더라도 현재는 통합된 인과율을 벗어날 수 없을 테니 말입니다.

― 다행이군.

― 마스터, 카운트다운을 시작할까요?

― 아니. 신들의 전장으로 소환이 끝나고 나면 시작하도록 해. 그런데 문제없이 가능할 까?

― 계획하신대로라면 하루밖에는 시간이 없겠지만 마스터께서 이미 준비를 끝내셨으니 충분합니다.

― 좋아. 다시 한 번 점검을 해보고. 이상이 있으면 알려줘.

― 예, 마스터.

연결된 세상에 존재하는 모든 이들에게 창조의 씨앗이 동시에 싹트도록 손을 써두었다.

보통 사람이건 격을 가진 존재이건 예외는 없다. 대차원이 새로운 차원으로 진화하는 과정에서 모두가 필요한 존재들이기 때문이다.

준비한 것들이 이상 없이 진행되고 있다는 젠의 대답을 들으니 마음 한구석에 남아 있는 불안감이 사라진다.

'이제 연미에게 가보자.'

어느 정도 갈무리가 끝난 것 같아 연미에게 가보기로 했다. 가이아와 하나가 되어 필요한 시간이었지만 아이를 놔두고 수련을 한 터라 마음을 다독여 줄 필요가 있다. 연미도 이제 엄마니 말이다.

연미가 수련하고 있는 방으로 갔다. 가부좌를 튼 채로 허공에 떠 있는 연미가 보였다.

가이아는 대차원의 모든 것의 시초다. 창조주의 의지를 통해 만들어진 모든 의식체를 탄생시킨 존재인 것이다. 또한 창조주의 반려로서 유일하게 인과율 시스템을 벗어난 존재이기도 하다.

고대 엘프들이 세상을 어지럽힐 때 정화의 칼날을 꺼낼 수 있었던 것도 이 때문이다.

세상 끝까지 퍼져나간 창조주의 의지가 다시 돌아올 때까지 인과율을 벗어난 존재로서 세상을 조율하는 것이 가이아의 소명이니 말이다.

천환의 존재들이 창조하고 버려진 외계와 연결이 된 이후 가이아는 힘을 잃기 시작했다. 격을 가진 존재들이 기존의 인과율 시스템을 벗어나 움직이기 시작한 탓이다.

인과율 시스템이 제 기능을 발휘하지 못하니 가이아 또한 자신이 가진 힘을 잃기 시작한 것이다. 인과율을 벗어난 존재이기는 하지만 가이아가 진정한 힘을 발휘하기 위해서는 인과율 시스템의 도움을 받아야 하기 때문이다.

그러나 지금은 아니다. 나로 인해 세상에 드리워졌던 창조주의 의지가 돌아와 가이아의 격이 더욱 높아졌다. 더군다나 통합된 인과율 시스템으로 인해 전보다 더 많은 권능과 강한 힘을 발휘할 수 있을 것이다.

연미의 몸이 천천히 아래로 내려왔다. 주변에 휘돌던 에너지들이 갈무리되자 연미가 눈을 떴다.

"왔어요."

"그래. 기분은 어때?"

"괜찮아요. 당신은요?"

"나도 마찬가지야."

"고마워요. 이렇게 돌아와 줘서."

여러 가지 의미가 담긴 말이다. 연미라는 존재로서 내가 위험한 일을 무사히 끝마치고 돌아와 고맙다는 뜻이기도 했고, 가이아라는 존재로서 오랜 기다림 끝에 반려가 다시 돌아와 감사하다는 뜻이기도 했다.

"아니야 내가 미안해. 그리고 고마워."

"아기는 괜찮아요?"

"건강하고 잘 놀아. 연미가 수련하는 동안 어머니하고 장모님이 잘 봐주셨어."

"다행이네요. 엄마가 돼서 잘 돌봐주지 못해 미안했는데."

"이제 나가자."

"그래요. 그곳으로 가기 전까지는 우리 아이하고 시간을 보내고 싶어요."

"그래. 나중에도 같이 있을 시간이 많겠지만 아직 어리니 엄마가 필요할 거야."

연미도 아이와 함께하고 싶을 것이다. 그것이 어미로서의 본능이니 말이다.

"당신은요?"

뭔가 알아차린 것인지 연미가 한마디 한다.

"신들의 전장으로 가기 전까지 틈틈이 나도 함께 시간을 가지게 되겠지만 할 일이 조금 있어서 그리 많이 보내지는 못할 거야."

"조심해요."

"미안해."

"아니야."

젠이 준비를 하고 있기는 하지만 할 일이 하나 남아 있다. 내가 준비한 계획을 성공시키기 위해서는 신들의 전장에 어떤 한 존재를 불러들여야 한다. 그 존재가 신들의 정장에 와야 모든 것이 시작이 되기 때문이다.

온 세상이 변하고 있는 중이었지만 가장 극심한 변화를 겪고 있는 곳은 샴발라였다.

외계와의 통로가 직접적으로 열린 곳이었기 때문이다.

인류의 이상향이자 신들의 고향이라고 일컬어지는 샴발라는 지금 검은 장막과 같은 에너지로 감싸여 있는 중이다.

검은 장막처럼 보이는 이유는 주변을 감싼 결계의 에너지 순수한 카오스였기에 벌어진 현상이었다.

외계와의 통로가 열린 샴발라의 중앙 광장을 중심으로 서쪽 구역을 차지하고 있는 미하일은 지금 고민에 휩싸여 있었다.

얼마 전부터 자신의 구역을 야금야금 침범하기 시작한 김형식의 의지가 더욱 커지기 시작했기 때문이었다.

"신들의 고향이라는 이곳으로 온 것은 잘한 일이지만 그자와 협력을 한 것이 실수였다. 내가 가진 권능이 더 성장하기를 기다렸다가 통로를 여는 것이었는데……."

세상이 변하기 시작하고 난 뒤 통로로부터 무한정 카오스가 공급이 되고 있었다.

문제는 김형식이 가진 의식과 의지가 점점 커져 자신의 권역을 잠식하기 시작했다는 것이다.

"융합된 에너지를 다루기 시작했다는 것을 모르고 고대 엘프들을 다 제거하는 것이 아니었다. 그들이 있었다면 그자를 견제할 수 있었을 텐데……."

김형식과의 만남 이후 그와 협력했던 것이 실수였음을 깨닫고 있는 미하일은 고개를 저었다.

"으드득! 지금까지 모든 것이 다 놈의 계획이었다는 것을 조금만 일찍 알아차렸어도……."

자신이 너무 성급했다는 것을 알기에 미하일은 이를 갈았다. 이용만 당했던 자신이 너무 한심스러워서였다.

비밀 연구소 근처의 동굴에서 혈정을 얻은 미하일은 곧바로 한반도로 향했다.

만수연구소에서 진행이 되고 있는 연구가 불완전한 자신에게 큰 도움이 될 것이라는 것을 알았기 때문이었다.

한반도에 들어설 무렵에 김형식을 만날 수 있었다. 자신과 비슷한 수준의 격과 권능을 가진 존재임을 보자마자 알 수 있었다.

자신을 기다리고 있던 김형식으로부터 제안을 받았다. 제안은 간단했다. 고대신들의 권능과 힘을 흡수해 완전해지고 세상을 바꾸자는 것이었다.

미하일은 혈정을 얻어 각성을 하기는 했지만 불완전한 상태였다. 완전한 상태로 회복하는 것은 물론이고, 격과 권능을 높일 수 있는 기회였기에 미하일은 자신에게 접근해 온 김형식과 협력하기로 했다.

수많은 고대 문명과 신이라 불리는 존재들이 나타난 곳이 바로 샴발라다.

샴발라의 존재들은 고대의 엘프들로서 자신들이 가진 것을 세상에 퍼트려 인류를 이끌었고 문명을 이루어 냈다.

그러나 그들은 자신들이 이끌었던 존재들로 인해 이름을 잃어야 했다. 고대 엘프들에 의해 각성을 한 인류 중에 창조의 씨앗이 개화한 존재들이 있었기 때문이다.

격과 권능을 끌어올릴 수 있는 마도학을 가지고 있지만 창조의 씨앗이 개화한 존재들에게 상대가 될 수 없었던 고대 엘프들은 신화와 역사 속에서 사라져야만 했다.

신이라 불리게 된 존재들로부터 허락받아 머물게 된 샴발라는 고대 엘프들에게는 족쇄였다. 스스로의 약속에 따라 샴발라라는 공간에 묶인 존재들이 되어버렸기 때문이었다.

자신들의 힘으로 샴발라를 빠져나가려 애를 썼지만 수도 없이 실패를 했던 고대 엘프들은 다른 방법을 찾았다.

마도학을 이용해 외계와 경계를 이루는 결계를 뚫고 카오스를 받아 들여 진화하고자 한 것이다.

구멍이 뚫리자 고대 엘프들은 카오스를 받아들여 자신들을 변화시키기 시작했다.

마도학을 통해 에테르와 카오스를 동시에 다룰 수 있는 존재들로 거듭나려고 한 것이다.

세상에 에테르가 가득했지만 고대 엘프들이 이런 시도를 할 수 있었던 것은 샴발라가 모든 존재들로부터 외면 받은 공간이었기에 가능한 일이었다.

그렇게 카오스를 흡수해 권능과 격을 높이기는 했지만 고대 엘프들의 모습이 전과는 달라졌다.

파괴와 혼돈의 에너지인 카오스를 흡수하고 수용해야 했기에 자신의 신체를 변형시켜야만 했다. 그로 인해 고대 엘프들은 끝내 괴물들이 되어야만 했다.

아름다웠던 외모를 잃어버린 고대 엘프들은 분노했고, 자신들이 그런 선택을 하게 만들었던 존재들을 소멸시키기 위해 샴발라의 결계를 넘어 세상에 나갔다.

종말을 이끌어낼 수 있을 정도의 권능과 힘을 지니게 되었지만 세상을 휘저을 수 있었던 것은 잠깐 뿐이었다.

세상에 가득 찬 에테르를 견디지 못했고, 신들이라 불리는 존재들에 의해 소멸되거나 샴발라로 되돌아 와야만 했다.

이대로는 결코 자신들의 뜻을 이루지 못한다는 생각에 고대 엘프들은 외계와의 구멍을 넓히기 시작했다.

세상에 나가 카오스가 담긴 권능을 휘두르자 창조의 씨앗을 개화시킨 이들의 힘이 조금이나마 약화되는 것을 알 수 있었기에 세상을 카오스로 가득 채우기 위해서였다.

그랬던 존재들이 모두 소멸하고 이제 검은 장막으로 가려진 샴발라 안에는 오직 두 존재만이 자리하고 있었다.

고대 엘프들이 진화시킨 권능과 힘을 흡수한 미하일과 김형식뿐이었다.

그러나 지금까지 일어났던 모든 일들이 외계의 창조주였던 존재의 계획이었다.

창조주의 의지에 의해 직접적으로 제약이 걸린 터라 인간으로서 거듭되는 생을 살아야 했고, 지금은 김형식이라는 존재로 살아가는 그가 통로를 만드는 방법을 고대 엘프들에게 전했던 것이다.

그렇게 통로를 넓히기는 했지만 고대 엘프들은 자신들의 뜻을 이룰 수 없었다. 퉁구스 대폭발로 인해 샴발라를 에워쌌던 결계에 금이 가자 변화가 생겼기 때문이다.

카오스로 가득 찼던 샴발라에 에테르가 유입되자 융합이 일어나기 시작했고, 자신들의 의지대로 권능을 다룰 수가 없게 되었던 것이다.

자신들의 권능을 되찾기 위해 절치부심하는 고대 엘프들이었지만 끝내 뜻을 이루지 못했다.

김형식의 제안을 받은 미하일이 샴발라로 들어왔고, 두 존재는 고대 엘프들을 모두 소멸시키고 권능과 힘을 흡수해 버린 것이다.

샴발라를 차지하는 와중에 미하일은 김형식이 자신이 생각하는 것과는 존재가 아니라는 것을 깨달을 수 있었다. 그리고 마지막에 죽인 고대 엘프를 통해서 김형식이 어떤 존재라는 것을 알 수 있었다.

그리고 외계의 창조주이며 이 세계에서 이전의 기억을 가지고 거듭 사는 존재의 계획에 따라 진행이 되고 있다는 것을 깨달은 미하일은 소스라치게 놀라야 했다.

김형식이 자신마저 소멸시키고 권능과 힘을 흡수하려는 것을 알게 된 것이다.

마지막 엘프의 권능인 공간 제어를 흡수한 미하일은 샴발라를 반으로 갈라 결계를 쳤다.

그러나 그뿐이었다. 김형식이 가진 진실된 힘이 어느 정도인지 모르는 탓에 어떻게 할 줄 모르고 자신의 구역에 칩거하고 있는 중이었다.

'정말 무서운 존재다. 창조주에게 의탁을 하면서부터 이런 계획을 가지고 세상에 머물고 있었다니……'

김형식이 외계의 차원을 창조한 존재라는 것을 몰랐다는 것이 패착이었다.

신들의 부모라고 할 수 있는 고대 엘프를 소멸시키고 권능을 흡수하기는 했지만 자신이 성장한 것은 비교가 되지 않을 정도로 김형식의 격과 권능이 높아져 버렸다.

이용당하는 것도 모르고 흡수하는 권능에 취해 있다가 이렇게 웅크리고만 있어야만 하는 자신이 한심스러웠다.

'세상이 놈이 계획한 대로 변하지 않는 것 같아 나에게도 기회가 생길 수도 있겠지만 지금으로서는 방법이 없다.'

세상이 변하는 만큼 김형식의 존재감도 점점 커지고 있었다. 그로인해 움직이지 않는 다는 것을 알기 기회가 생길 때를 기다렸지만 변화가 없었다.

당장 쳐들어간다고 해도 이길 자신이 없었다. 뾰족한 방법이 없다는 것을 알기에 자괴감만 깊어갈 뿐이었다.

쩌—저저적!

"뭐지?"

갑자기 들려오는 소리에 자신이 친 결계가 무너지려 하는 것이 아닌지 살펴보던 미하일은 뭔가 다르다는 것을 깨달았다.

"이건!!"

본래부터 샴발라를 감싸고 있던 결계들이 부서지고 있었다. 창조의 씨앗을 개회시킨 이들이 만든 결계들이 하나하나 부서지고 있었다.

신화에 나오는 주신들이 힘을 합쳐 만들어낸 것으로 인해 신족들의 공동감옥이라고 할 수 있는 결계가 깨어지는 것이다.

"놈은 움직이고 있지 않다. 그렇다면……."

에테르와 카오스가 융합한 에너지를 흡수하고 있는 탓에 김형식은 움직이고 있지 않았다.

다른 힘이 작용해 결계가 부서졌다는 것을 확신한 미하일은 자신이 머물고 있는 곳에서 나와 바깥의 결계로 향했다.

"으음, 비슷한 에너지라니!"

에테르와 카오스가 융합한 것으로 보이는 에너지를 느낄 수 있었다.

김형식에 의해 만들어진 것과는 차원이 전혀 다른 에너지가 샴발라 안으로 밀려들고 있었다.

'지금 흘러들어 오고 있는 것은 잘 정제된 것들이다. 더군다나 세상과 유기적으로 연결이 되다니 인과율이 작용하고 있는 것인가?'

샴발라 안으로 들어오기 전에 희미하게 느꼈던 인과율이 새로운 에너지에서 느껴졌다.

김형식의 존재감이 커짐으로 인해서 받은 압박감과는 또 다른 형태였다. 전자의 것이 거칠고 파괴적이었다면 지금 느끼는 것은 아주 잘 정돈된 느낌이었다.

'으음, 누군가 세상을 통제하기 시작했다. 인과율이 완전해진 건가?'

샴발라에 오기 전에 느껴졌던 인과율이 무척이나 불안했다면 지금 것은 아주 안정적이었다.

세계와 외계의 경계가 무너지고 난 뒤 아주 불안해졌던 인과율이 완벽해졌다는 것은 누군가 직접적으로 통제하고 있다는 뜻이었기에 미하일의 눈빛이 가늘어졌다.

'신족이라 일컬어지는 자들이 이렇게 완벽하게 세상을 통제할 수는 없는 일이다. 그럴 만 한 깜냥이 되지 않으니 말이다. 그렇다면 새로운 존재가 나타났다는 뜻인데 도대체 누구라는 말인가?'

차훈이라는 존재를 알고 있으면서도 세상을 변화시킨 존재와 연관을 시키지 못하고 있는 미하일이었다.

외계의 카오스를 이용해 자신의 권능을 높이고 있는 김형식도 에너지를 융합시키는 능력을 지니고 있기는 하지만 이 정도는 아니었다.

너무나 거칠어 압박감을 느껴야 했는데 지금 느끼는 것을 자연스러운 굴복감이었다.

보다 상위의 존재가 주관하는 질서와 정제된 에너지의 흐름이 분명했다.

'어떤 존재인지는 모르지만 에너지의 흐름으로 봐서는 세상에 반하는 존재들은 거침없이 소멸시킬 것이다.'

미하일은 서둘러 또 다른 융합 에너지가 소용돌이치고 있는 샴발라 안으로 들어갔다. 자칫 새롭게 형성된 에너지에 흐르는 인과율에 의해 소멸을 당할 수도 있기 때문이었다.

스르르르르르.

미하일이 깨진 결계로 인해 세상의 에너지가 바뀌고 인과율이 완전해진 것을 확인하고 겁에 질려 이 안으로 들어간 직후 새로운 변화가 생겨났다.

결계가 깨진 자리에 검은 점들이 헤아릴 수도 없이 나타나더니 이내 공간을 잠식하고 있었다. 검은 점들은 이내 평면이 되었고, 이내 삼차원의 공간을 만들어 냈다.

삼차원 공간이 블록처럼 겹겹이 쌓이면서 마치 돔처럼 샴발라를 둥글게 에워싸는 데 걸린 시간은 찰나에 지나지 않았다.

그리고 얼마 후 미하일이 사라진 자리에 루시퍼의 화신인 김윤일이 나타났다.

"으음, 방금 전까지만 하더라도 이곳에 있었던 것 같은데, 안으로 들어갔나?"

혈정의 기운을 느끼자마자 공간을 이동해 왔는데도 사라진 존재를 생각하며 김윤일은 성벽처럼 둘러쳐진 검은 색의 블록을 만졌다.

"세상에 드리운 에너지로 만들어진 결계라고 여겼는데 아니었던가?"

검은 블록들은 일종의 물질이었다. 세상에 새롭게 등장한 에너지로 이루어진 것도 절대 아니었다. 자신조차 정체를 알 수 없는 물질로 만들어졌기에 김윤일의 눈에는 당혹스러움이 가득했다.

"도대체 이것이 어떤 것이기에 권능으로도 뚫을 수 없는 것인지 모르겠군."

손바닥을 통해 순간적으로 블랙홀에 맞먹는 거대한 중력장을 걸어봤지만 일그러짐 하나 없는 블록을 보면서 김윤일은 의아함을 드러냈다.

지금 세상에는 절대 있을 수 없는 물질이었기 때문이었다.

"고대 엘프들이 마도학으로 만들어낸 것인가? 일단 찾아봐야겠군. 방어를 위해 만든 것이겠지만 들어가는 방법이 없을 수는 없을 테니 말이야."

신이라 알려진 족속들의 창조주라 일컬어지는 존재들이 만든 것일 수도 있다는 생각이 든 김윤일은 안으로 들어갈 수 있는 방법을 찾기로 했다.

샴발라를 감싸 안은 돔 형태의 블록들을 살펴보기 위해 김윤일은 외곽을 돌기 시작했다.

아주 빠른 속도로 돌았지만 한 바퀴를 완전히 돌기까지 거의 하루가 걸렸다.

"샅샅이 뒤졌는데도 입구가 전혀 존재하지 않는다. 신족들이 새로운 감옥을 만든 모양이로군."

출입구가 아예 존재하지 않도록 만들어진 결계였다. 밖에서는 절대 열리지 않는 구조로 안에서 열어줘야만 들어갈 수 있는 것 같았다.

"완전히 단절이 된 공간인 건가?"

한 바퀴 도는 동안 의식을 집중해 샴발라 안을 살펴봤지만 탐색이 전혀 되지를 않았다.

"곤란하군."

김윤일의 안색이 찌푸려졌다. 자신이 느꼈던 혈정의 기운을 흡수한다면 원하는 곳에 도달할 수 있으리라 여겼건만 길이 막혀 버렸기 때문이었다.

"다시 나올 테니 기다려봐야겠군. 다른 놈들도 확인을 했을 테니 말이야."

세상이 변하면서 권능이 강력해지고 있기에 혈정을 품고 있는 존재가 다시 나올 때까지 기다린다고 해도 문제가 없었다.

자신이 들어갈 수 없는 이상 안에 있는 존재가 다시 나올 때까지 기다리는 수밖에는 없었다.

다른 곳에 안으로 들어갈 수 있는 입구가 없는 이상, 미하일이 같은 곳에 나타날 것이 거의 확실하기 때문이었다.

그리고 자신이 느꼈던 것처럼 다른 존재들도 혈정의 존재를 느꼈을 것이기에 이곳에서 기다릴 필요가 있었다.

적이기도 하지만 자신의 성장을 위한 훌륭한 밑거름이 될 존재들을 기다리기 위해서였다.

신이라 불리며 세상을 제단해온 존재들이라면 자신이 흡수한 헌원호 만큼이나 큰 권능을 가지고 있을 것이기 때문이었다.

'나처럼 공간 이동을 하지 못하는 것 같으니 그 동안은 좀 다스려 놔야겠군.'

김윤일은 세상에 가득 찬 에너지를 호흡하며 미하일이 나타났던 곳에 머물렀다.

반고 일족과 헌원호를 흡수하며 얻은 권능을 자신의 것으로 만들어 미래를 대비할 필요가 있었기 때문이었다.

세상이 완전히 변하기 사흘 전날에 반응이 왔다. 미하일이 샴발라를 나온 것이다.

샴발라 안에 있을 때는 알 수 없었지만 밖으로 나와 인과율에 노출되었기에 안의 사정을 읽을 수 있었다.

예상대로 안에 스승님을 소멸로 몰아넣은 소장이 있었다. 그는 창조주와의 약속을 저버리고 세상의 기반이 되는 에너지를 흡수하고 있는 중이었다.

자신의 세상이 무너지기 직전에 이곳으로 건너와 창조주의 배려로 자리를 잡았으면서도 끝내 배신을 한 존재다웠다.

고대 엘프의 욕망을 부추긴 자도 그였으며, 세상이 변해간 것도 그가 꾸민 짓이었다.

'마지막 변수도 이제 알게 되었으니 다행이로군.'

샴발라 안의 정보가 없어서 약간은 불안했었는데 미하일을 통해 많은 정보를 얻을 수 있어 다행이었다.

더군다나 지금까지 벌어진 일들이 어떻게 시작됐는지 확연히 알 수 있었기에 계획을 더욱 치밀하게 조정할 수 있었다.

─ 젠!

─ 예, 마스터.

─ 돔은 어때?

─ 살펴보셨다시피 루시퍼가 가진 권능으로도 흠집하나 내지 못했습니다. 새로운 인과율로 인해 뚫을 수 있는 존재는 아무도 없을 겁니다.

─ 다행이군. 그러면 이제 더 이상 준비할 것은 없는 건가?

─ 마스터께서 저에게 말씀하셨던 것은 준비가 모두 완료되었습니다.

─ 좋아. 이제 마지막으로 점검을 해보자. 고대 엘프들이 모두 소멸했다면 브리턴에서도 반응이 있을 텐데. 어떤 상황이지?

브리턴의 엘프들이 샴발라의 고대 엘프들의 조종을 받고 있던 터라 상황을 물었다.

─ 의식을 전송할 수 없는 상황에서 소멸을 당한 터라 확실히 연계가 끊어졌습니다.

― 고대 엘프들이 소멸함과 동시에 샴발라의 기능이 모두 정지되어서 그런 모양이군.

― 그런 것 같습니다. 천환의 환생자인 자가 새롭게 에너지를 융합해 결계는 유지되고 있지만 샴발라의 기능은 정지되었다고 봐도 무방하니 말입니다.

― 다행이군. 그렇지만 나중에 문제가 될 수도 있으니 예의 주시해.

― 예, 마스터.

샴발라는 고대 엘프들이 마도학을 이용해 조성한 도시다. 샴발라에 존재하던 고대 엘프들 중 대다수가 괴물로 변해 버렸지만 그렇지 않은 이들도 있었다.

다른 존재들보다 강력한 의지를 가지고 있는 이들이었다.

이들은 카오스를 자신의 것으로 만들었음에도 변하지 않고 새로운 세상을 꿈꾸며 준비를 했다. 마도학에 자신의 권능을 더해 한 가지 가공할 시스템을 만들었다. 인과율 시스템과 거의 맞먹을 정도로 특별한 기능을 가진 영체 시스템이다.

영체 시스템은 창조주가 만든 세계를 연결하며 고대 엘프의 피를 이은 이들을 조종할 수 있는 기능을 갖춘 것은 물론이고, 권능까지 구현이 가능하도록 만들어진 것이었다.

고대 엘프들이 미하일과 김형식에게 소멸하면서 시스템이 죽어버렸다. 에고를 통해 자신만의 자아를 가진 시스템이 아니라 고대 엘프의 집단 의식에 의해 가동되는 것이었기 때문이었다.

덕분에 조종당하던 브리턴의 엘프들은 자신의 본질을 찾았다. 한 가지 변수가 줄어든 것이다.

'엘리멘탈들이야. 세상이 완전히 변화되고 나면 자연스럽게 해결이 될 테고 이제 남은 문제는 없군.'

실행에 앞서 엘리멘탈을 제외하고 잔존하는 문제는 대부분 해결이 됐다.

— 젠, 샴발라에 있는 시스템은 어때?

마도학으로 만들어진 샴발라의 시스템은 인과율 시스템과 비슷한 기능을 발휘한다.

그렇지만 의지를 가지지 않아 스스로 작동할 수는 없다. 누군가 장악한다면 창조를 넘어선 힘을 발휘할 수 있는 것이라 젠이 장악을 위해 움직이고 있었다.

— 천환의 환생자가 장악한 것 같지는 않습니다. 현재 시스템에 침투 중인데 조만간 장악이 끝날 것 같습니다.

— 고대 엘프들의 집단 의식으로 작동하는 것이라 쉽지 않을 텐데?

— 본체가 모두 소멸해서 그리 어렵지는 않습니다. 그리고 인과율 시스템이 완벽해지고 난 후에 지금까지 고대 엘프들의 의식 패턴을 수집해 왔으니 염려하지 않으셔도 됩니다.

— 그렇다면 다행이지만 천환의 환생자인 김형식이 접근할 수도 있으니 주의를 기울여줘.

— 알겠습니다, 마스터.

― *카운트다운을 시작해!*

― *그럼 지금부터 차원 진화 카운트다운을 시작합니다.*

카운트다운이 시작되었다. 정확히 24시간 전부터 시작된 카운트다운은 오직 나에게만 보인다.

의식 속으로 세상과 세상을 하나로 연결했다. 창조주의 의식이 차원 끝까지 퍼졌다가 돌아온 터라 연결하는 것은 그리 어렵지 않았다.

모든 것이 느껴진다. 하나로 통합된 인과율 시스템의 통제를 받는 수많은 생명들은 물론이고, 물질과 반물질까지 통째로 인식되는 과정은 한마디로 황홀했다.

세상이 움직이는 비밀을 속속들이 들여다 볼 수 있지만 이쯤에서 멈춰야 한다. 한 점에 의식을 집중하는 순간 파탄이 일어나니 말이다.

창조주가 만든 세상에 이어 천환의 환생자들이 만든 세상을 들여다보았다.

프리온에 있는 것과 부모님과 할아버지가 계신 곳의 통로를 통해 들여다 본 대차원은 지금 샴발라에 있는 통로 너머의 대차원과 연결이 된 상태기에 들여다보는 것은 어렵지 않았다.

'우글우글하군.'

신화 속에 전해지는 주신에 맞먹는 권능과 힘을 가진 존재들이 샴발라의 통로 주변에 몰려 있는 것이 느껴진다. 다른 두 곳은 막혔으니 대차원을 건너뛰어 몰려 있는 모양이다.

내 의식이 대차원의 경계를 통과했지만 융합된 에너지 중에 카오스의 특성을 더 많이 분출하니 인식을 하지 못한다. 차원 통로를 통해 지구로 진입하려는 욕심 때문에 주의를 기울이지 않는 것 같다.

대차원이 모두 연결이 되어 있어 통로를 벗어나자마자 세 개의 대차원 끝까지 의식을 뻗을 수 있었다.

'통합된 인과율 시스템이 있어서 다행이다. 세 개의 대차원을 하나로 인식하기가 쉽지 않은데 말이다.'

샴발라의 통로 주변을 제외하고는 초월적인 존재들이 없어서 인지 의식을 퍼트리는 것은 어렵지 않았다.

인과율 시스템의 도움을 받은 것도 한몫을 했다.

— 젠, 대차원에 대한 인식이 다 끝났다.

— 차원 설계도를 뿌리시겠습니까?

젠의 도움을 받아 카오스로 이루어진 세상을 만든 적이 있다. 그때 세상의 기반이 되었던 차원 설계도를 지금 카오스로 이루어진 대차원들에 뿌리려고 한다.

그때 젠이 만든 공간의 세상보다는 비교할 수 없을 만큼 큰 거의 무한대의 공간이지만 차원 설계도의 양은 충분하다.

혈정을 만들어낸 구조물을 회수해 그동안 차원 설계도를 만들었으니 말이다.

신화의 주인공들은 혈정만 중요하게 생각했지 혈정을 만들어내는 구조물에 대해서는 전혀 모르고 있다.

지구가 속한 대차원을 창조한 창조주가 가장 심혈을 기울여서 만든 것이 바로 그 구조물임을 말이다.

구조물은 대차원을 만드는 설계도의 주재료다. 카오스와 에테르가 융합해 만들어진 이 구조물은 창조주가 세상에 의식을 퍼트리는 동안 수집된 정보들을 모두 담고 있다.

그것만이 아니다. 천환의 환생자들을 받아들이며 그들이 만들다 실패한 대차원의 정보까지 모두 포함하고 있기도 하다. 실패한 대차원의 인과율 시스템을 흡수한 것이 바로 이 구조물인 것이다.

수십억 년에 달하는 시간 동안 구조물은 네 개 차원의 정보를 수집하고 분석했다. 그리고 창주주가 남긴 의지에 따라 진화된 차원을 설계해 왔다.

난 구조물을 회수한 후 의지를 부여해 설계도를 보완하고 활성화시켰다. 이제 그것들을 세상에 꺼내려 한다. 진화된 세상을 만들기 위해서 말이다.

― 그렇게 해. 설계도가 뿌려지는 대로 활성화시키겠다.

― 알겠습니다, 마스터.

대답과 동시에 새로운 차원의 설계가 인식된 구조물이 근원의 단위로 쪼개져 대차원에 뿌려졌다.

이제 세상이 변하는 것이다. 완전히 다른 세상으로 말이다.

제7장

우르르릉!

우르르르르르릉!!

천둥이 울렸다. 기대했던 번개는 치지 않고 연신 하늘이 울렸다. 세상에 존재하는 모든 생명들이 하늘을 우러르며 심상치 않는 조짐에 몸을 떨었다.

하늘이 울리는 현상은 한동안 지속이 됐다.

— 젠, 어때?

— 다들 인과율을 읽었는지 준비를 하고 있는 것 같습니다.

— 내 의도를 알아차린 존재는?

— 뭔가 중대한 사태가 벌어진다는 것은 인지한 것 같지만 신

들의 전장으로 초대가 된다는 것은 모르고 있는 것 같습니다.

― 샴발라는?

― 외계와의 경계를 이루는 결계가 갑자기 사라진 탓인지 당황하는 것 같습니다.

― 샴발라의 영체 시스템은 어떻게 됐지?

― 이미 장악을 끝냈습니다.

― 설계도의 동화율은?

― 동화를 모두 끝낸 상태로 마스터의 지시가 내려지면 동조가 시작될 겁니다.

― 좋아! 내가 속한 대차원 밖의 차원과 연결이 되는 즉시 창조의 씨앗을 개방한다.

― 예, 마스터.

― 이제 초대를 시작해라.

― 알겠습니다

10! 9! 8! …… 3! 2! 1! 0!

― 카운트다운 완료! 대차원의 접경을 열고 다른 대차원들과 연결이 되었습니다, 마스터.

― 수고했어.

경계가 사라지고 네 개의 대차원 너머의 대차원들과 연결이 됐다. 연결이 되기 전까지 일부만 적용되었지만 이제 초월의 격을 가지고 있는 존재들에 대해 새로운 인과율이 100퍼센트 적용되기 시작했다.

이제부터 새로운 변화가 시작되는 것이다.

가이아와 하나가 되고도 두려움이 이는 것인지 연미가 가늘게 몸을 떨었다.

"괜찮아?"

"괜찮아요. 이제 시작된 건가요?"

"그래, 이제 조금 있으면 신들의 전장으로 갈 거야."

"강하겠죠?"

"치가 떨릴 만큼 강하지. 하지만 그게 우리의 사명이야. 그동안 세상을 분탕질 쳤던 존재들에게는 회개할 수 있는 기회이기도 하고."

"알았어요."

"장모님은 어떠신가요?"

"난 걱정하지 마시게."

"연미를 부탁할 게요. 그곳에 가면 적아가 따로 없으니까요."

"알겠네."

장모님은 오랜 세월 흑운과 함께 이면 세계에서 활약하신 분답게 침착하시니 다행이다.

"금방 끝내고 올 테니 너무 걱정하지 마세요."

우리가 떠나고 난 후에 남아 있는 분들이 불안해하시는 것 같아 의지를 실어 한마디 했다.

"차훈아, 잘 해야 한다."

"걱정하지 마세요. 그리고 이번 일이 끝나고 나면 제 친부모님과 할아버지를 뵐 수 있을 거예요."

"그분들도 너와 같은 곳으로 가는 거냐?"

"그럴 거예요."

"잘 돌봐 드리도록 해라."

"예, 아버지. 이제 가야할 시간입니다."

"그래, 잘 갔다 오너라."

"그럼."

나와 연미 그리고 장모님이 공간을 넘었다. 우리가 간 곳은 샴발라와 연결이 된 다른 대차원의 통로 안 쪽이었다.

차원 설계도가 적용되지 않는 순수한 카오스만의 공간으로 이동을 한 것이다.

온통 잿빛으로 보이는 거대한 초원이 보였다.

초원의 하늘 위로는 거대한 구멍이 뚫려 있었고, 검은 기운으로 둘러싸인 샴발라가 보였다.

스르르르르!

우리의 뒤를 이어 수많은 존재들이 초원에 모습을 드러내기 시작했다. 모두가 신화 속의 존재들이었다.

지구가 속한 대차원에 존재하는 모든 세상의 신적인 존재들이 신들의 전장에 초대된 것이다.

거대한 초원은 샴발라와 마찬가지로 거대한 돔으로 둘러싸여 있었다.

다른 것이 있다면 돔의 형태가 녹색을 띠고 있다는 것과 샴발라와 연결이 되어 있다는 것이었다.

― 연미야, 부모님과 할아버지를 찾아서 움직여. 장모님도요.

― 알았어요.

― 알았네.

부모님은 물론이고 할아버지와 백성준 장군도 신들의 전장에 초대가 되었다. 신들의 전장에 초대된 존재들은 대부분 무리를 이루고 있기에 움직이도록 한 것이다.

연미와 장모님이 움직이고 난 후 나를 노려보는 눈길이 있어 쳐다보았다.

'역시, 왔군.'

어린 시절에 보았던 수용소장의 모습이 보였다.

창조주가 직접 건 제약을 풀어버렸는지 수용소장은 신들의 전장에 초대된 신화 속의 주신들보다 거대한 에너지를 품고 있었다.

― 너구나! 이런 상황을 만든 것이!!

― 이런 상황을 원한 것은 당신도 마찬가지일 텐데?

― 그렇기는 하지만 어이없군. 하필 이런 상황을 만든 것이 너라니 말이다. 대사형으로부터 모든 것을 얻은 것이냐?

― 스승님을 소멸시키고 가지고 있는 것을 빼앗은 것은 네놈이었던 것 같은데.

― 그랬다고 생각했는데, 지금 너를 보니 아닌 것 같아서 하

는 말이다.

― 맞는 말이다. 스승님이 남기신 것을 내가 모두 얻었으니 말이야.

― 대사형은 널 위해서 환생이 아니라 소멸을 택한 건가?

― 그러셨지.

― 모두가 대사형의 안배로군. 여기는 어떤 곳이냐?

― 당신으로 인해 만들어진 괴물 같은 존재들과 싸워야 할 공간이다. 나는 이곳을 신들의 전장이라고 부르지.

― 으음.

― 신이라 불리는 존재들이 모두 이곳으로 모일 것이다. 천환의 환생자들이 만든 대차원에 속한 존재들도 말이야.

― 이곳이 아마겟돈이로군.

― 여기서 모든 것이 결정될 것이다. 최후의 승자는 세상을 거머쥘 수 있을 것이고.

― 대사형이 이런 전장을 만들었을 리 없을 것이고, 이것 또한 창조주의 의지인가?

괜히 신들의 전장이 아니다. 초월적인 존재들이 이곳으로 모두 모일 것이다. 그리고 상대가 누가 됐건, 소멸을 시킨다면 권능을 그대로 흡수할 수가 있다.

창조주의 의도대로 무수히 계발된 권능들이 생사결을 통해 합쳐질 것이고, 그 끝에 선 자가 대차원을 손에 쥘 수 있을 것이다.

― 그렇다. 이 모든 것이 창조주의 안배라고 할 수 있겠지.

─ 으음, 역사나 벗어나지를 못했던 것인가?

외계의 대차원을 창조한 존재로서 지금까지 자신이 한 일들이 창조주의 안배대로 움직였을 뿐이라는 생각에 자괴감이 든 것인지 더 이상 의념을 보내지 않는다.

권능은 이능이다.

보통의 이능이 아니라 능력을 발휘함에 따라 인과율을 비틀 수 있는 힘을 가지고 있는 것이 권능이다.

세상을 만들며 창조주는 지성을 가진 모든 존재들에게 창조의 씨앗을 뿌렸다. 가장 먼저 싹을 틔운 존재들이 고대 엘프였고, 이들은 나름대로 권능을 키웠다.

고대 엘프들은 마도학으로 인과율을 비틀 수 있는 힘을 키울 수 있었다.

세상에 존재하는 속성들을 마도학을 이용해 무한대로 사용하게 되면서부터 그것이 권능이 되었다.

신족이라 일컬어지는 인류는 조금 달랐다. 고대 엘프들의 피를 이어 받은 가이아의 정화에 의해 사라진 마도학을 사용할 수 없었다.

그들은 가지고 있는 능력을 세상에 내보이고, 창조의 씨앗이 싹트지 않은 존재들로부터 우러름을 받는 믿음의 결과로서 격을 높였다. 그리고 자신들의 의지를 언어로써 표현하는 언령을 통해 권능을 키웠다.

천환의 환생자들이 만든 외계의 차원에 있는 존재들은 혼돈이라는 태초의 근원에 천착하면서 권능을 키웠다.

이렇듯 각자 격을 높이고 권능을 키우는 방법이 달랐다. 이 모두가 더 넓은 차원으로 나아가려고 했던 창조주가 안배한 일이었다.

창조의 씨앗이 싹을 틔운 후 다양한 방법으로 성장해 나가야 하는데 고대 엘프의 헛된 야욕으로 인해 처음부터 틀어져 버린 것이다.

그나마 다행인 것은 나나 창조주조차 상상하기도 힘이 들 정도로 수많은 권능이 세상에 나타났다는 것이다.

'세상은 초월적인 존재들로 인해 홍역을 치렀지만, 마치 모든 가능성이 개화한 것처럼 다양한 권능이 나타났다. 어쩌면 지금 이렇게 된 모든 상황이 창조주의 안배일지도 모른지.'

내가 세상에 퍼져 나간 뒤 되돌아온 창조주의 의지라는 것을 알게 되었지만 아직 명확하지 않은 부분이 많다.

내가 세운 계획도 어쩌면 창조주의 안배에 지나지 않을 수도 있다.

'별 걱정을 다하는군. 지금의 흘러가는 방향은 내가 원하는 것인데 말이야.'

외계를 넘어 더 넓은 차원은 창조주조차 들여다보지 못한 곳이다. 그곳으로 넘어가 더 나아가려면 창조의 씨앗이 모두 싹 트고, 각자 권능을 키워야 한다. 그렇지 않으면 생존 자체가 불투명하니 말이다.

신들의 전장이 만들어진 이유도 그 때문이다.

전투를 통해 발휘되는 권능은 인과율 시스템에 저장된 후 세상에 인식이 되고 난 뒤 퍼져 나갈 것이다.

이미 싹을 틔운 터라 껍질이 깨지게 되면 지능을 가진 생명체에게 자리 잡은 창조의 가능성들이 권능을 인식하게 되는 기반이 되는 것이다.

'이제 슬슬 시작할 때인가?'

천환의 환생자인 김형식과 의념으로 대화를 나누고 잠시 생각을 하는 동안 신의 전장이 어느새 만원이 되었다.

초대하고자 했던 존재들이 모두 도착한 것이다.

신들의 전장에 도착하고 난 후 이곳이 어떤 곳인지 다들 인식을 하고 있는 것 같다.

김형식과 의념으로 대화를 나누며 이곳의 의미를 공간에 새겼으니 초월적인 존재들이 모를 리 없다.

'누가 먼저 시작을 할지는 모르지만 이런 정적이 길지는 않을 것이다.'

공간에 새겨진 내 의지를 살피는 것은 아주 쉬운 일이다. 자유 게시판처럼 완전히 열려 있으니 말이다. 세계를 인식할 수 있는 존재들이니 생각이 그리 길지는 않을 것이다.

첫 번째는 지구가 속한 대차원의 존재들과 외계의 존재들 간의 전투다.

기존의 인과율을 벗어났다고는 하지만 통합된 인과율로 인해 의무처럼 지워진 전투다.

전투에서 누가 이기 건 간에 이긴 존재가 상대의 권능을 흡수할 것이다.

번쩍!

파지지지직!

뇌전이 천공을 가르며 떨어졌다. 체고가 100미터가 넘는 거대한 괴수의 정수리를 때린 뇌전은 굴곡진 검은 피부를 따라 흘러내렸다.

"카오오오오!"

"뭐, 이런!!"

뇌전에 직격당했음에도 가소롭다는 듯 포효를 내지르는 괴수를 바라보며 제우스는 황당했다.

대기가 부딪쳐 발생하는 뇌전과는 달리 자신의 권능이 담겨 있음에도 아무렇지 않은 외계 괴수의 모습이 기가 찰뿐이었다.

번쩍! 번쩍!

제우스의 양손에 번개가 생성이 되고 연이어 괴수를 향해 던져졌다.

콰콰콰콰쾅!

파츠츠츠츠츠츠!!

전격을 맞으면서도 괴수는 제우스를 향해 한 발 한 발 전진했다.

파팟!

제우스는 그런 괴수를 향해 달려 나갔다. 달려 나가는 제우스의 몸이 점점 거대해졌다.

쾨—아아아!

쾅!

괴수는 브레스를 뿜었고, 제우스는 손에 쥔 번개로 브레스를 쳐냈다.

제우스와 괴수의 전투가 본격적으로 시작되었다.

서걱!

원거리에서 던진 번개에는 타격을 입지 않았던 괴수의 피부가 갈라졌다. 검처럼 휘두른 번개에는 권능과 의지가 함께 담겨 있었기 때문이었다.

쿠쿠쿠쿠쿠쿵!

뒤를 이어 제우스를 따르는 신족들도 전투에 가담하기 시작했다. 제우스가 상대하고 있는 괴수의 주변에 나타난 또 다른 괴수들을 향해서 신체를 거대화하며 달려 나갔다.

거대한 존재들의 싸움은 결코 느리지 않았다. 아주 빠르게 이어지는 공방에 괴수들이 상처를 입었고, 제우스와 신족들도 하나둘 씩 상처가 늘어나고 있었다.

서로 상처를 입을 때마다 양자가 폭포처럼 피를 흘렸다. 괴수들은 김은 흑혈을 흘렸고, 제우스와 신족들은 황금빛 금혈을 쏟아냈다.

전투는 무척이나 치열했다.

괴수의 수는 제우스가 이끄는 신족보다 숫자가 많았고, 신족들은 혼자서 두세 마리의 괴수들을 상대해야 했다.

우르르르릉!

콰—콰콰콰콰쾅!!

번쩍!

콰콰콰쾅!

제우스 일족의 전투가 시작되고 얼마 지나지 않아 다른 존재들의 전투도 시작이 되었다.

지구가 속한 대차원의 신적인 존재들과 외계의 존재들 간에 본격적인 전투가 시작된 것이다.

'신들의 전장이라는 특별한 공간이 아니라 지구였다면 행성의 종말을 눈으로 볼 수 있을 정도로 무섭군.'

자신의 권능을 담은 속성력을 통해 치러지는 전투의 양상은 가공스러웠다.

존재들이 뿜어내는 힘에 의해 천지가 쪼개지고 대기가 갈라졌다.

— 연미야. 장모님을 도와 저놈을 상대해.

슬슬 우리도 전투를 치러야 하기에 연미와 장모님에게 상대를 지정해 주었다.

모든 것이 검은 결정으로 이루어진 드래곤의 모습을 한 외계의 괴수였다.

사삿!

콰쾅!!

연미와 장모님의 신형이 사라지듯 움직였고, 금빛 섬광이 교차하며 괴수를 강타한다.

— 세 분은 저놈입니다.

할아버지와 부모님도 상대할 적을 지정해 주었다. 연미와 장모님이 상대하는 괴수와 모습은 완전히 같지만 전신이 백색인 괴수였다.

가—가가각!

핏빛 섬광이 백색의 괴수를 덮치며 결정으로 이루어진 가죽을 잡아 뜯었다.

"크아아아아!!"

괴수는 비명과 같은 괴음을 터트리며 입으로 백색의 섬광을 내뿜었다.

드래곤이 뿜어내는 브레스처럼 쇄도하는 백색의 섬광을 잘도 피하며 세분은 괴수를 향해 연신 공격을 하고 있었다.

흑백의 괴수들은 일방적으로 공격을 당하며 얻어터지고 있었다. 신격을 가진 대차원의 존재들 중 가장 압도적으로 전투를 이끌고 있었다.

'신들의 전장이라고는 하지만 최후의 승자가 혼자라는 법은 없지.'

신들의 전장은 자신이 가진 의지를 시험하는 전장이다.

유일신을 가진 신화도 많지만 신화들 대부분이 신들이 집단을 이루고 있는 경우가 많다. 신격을 가진 존재들이 집단을 이

우러 같은 신화를 공유하는 이유는 의지를 가진 존재들의 집합체이기 때문이다.

그래서 신들의 전장에서 벌어진 전투는 개인전이 될 수도 있고, 단체전이 될 수도 있다.

저기 미쳐 날뛰는 제우스처럼 홀로 싸우지 않아도 된다는 뜻이다.

제우스뿐만 아니라 그를 따르는 신족들이 각기 혼자서 미처 날뛰는 것에는 이유가 있다.

직접적인 정신감응을 통해 고대 엘프들과 교류해 온 존재들이다. 브리턴의 엘프들을 통제하고 권능을 키워왔는데 이번에 고대 엘프들이 소멸하면서 파탄이 났다.

존재의 격을 일부 나누어 정신감응을 했었기 때문이다. 존재의 일부가 완전히 소멸한 것 때문에 사라져 버린 부분을 채우려 저렇게 미쳐 날뛰는 것이다.

그런 것은 제우스 일족뿐만이 아니다. 오딘 일족을 비롯해 혈정을 만들어내려 했던 존재들이 모두 그랬다. 고대 엘프와 교류하며 자신의 권능을 키워왔던 존재들은 하나 같이 홀로 날뛰고 있었다.

자신이 가진 권능을 이용해 공격을 퍼붓는 그들이 얼마 지나지 않아 밀리기 시작했다.

외계에서 카오스를 키워 혼돈의 근접해 버린 존재들의 반격을 시작하자 형편없이 밀려나고 있었다.

당연한 일이었다. 존재의 격이 이미 타격을 입어 불완전한 상태에서 자신들과 맞먹거나 강한 전력을 보유하고 있는 외계의 존재들에게 상대가 될 수 없는 일이었다.

신이라 불린 존재들의 몸이 갈가리 찢기고 외계의 존재들에게 흡수되었다. 그렇다고 외계의 괴수들이 일방적으로 전투에 승리하는 것은 아니었다.

격을 온전히 갖추고 있는 존재들 중에는 외계의 존재들에게 승리를 거두어 카오스를 자신의 것으로 만드는 이들도 있었다.

연마나 장모님, 그리고 부모님과 할아버지도 그런 이들 중에 하나였다.

그중에 발군은 루시퍼의 권능을 얻은 김윤일과 천환의 환생자인 김형식이었다. 이미 양쪽의 에너지를 융합해 자신의 것으로 만든 터라 외계의 존재들을 학살하고 있었다.

미하일도 마찬가지였다. 미하일은 위성처럼 자신의 주변에 열 개의 혈정을 불러내 전투를 하고 있었는데 혈정에서 뿜어진 광선들이 상대의 심장을 소멸시키고 있었다.

물론 나도 가만히 있었던 것은 아니었다. 창조주의 의지를 이어받기는 했지만 나 또한 본래부터 지구가 속한 차원의 존재이니 말이다.

신의 전장에 걸린 제약에 따라 자신이 본래부터 속한 차원의 존재들과는 전투가 제한이 되어 있다. 다른 대차원의 존재들을 모두 소멸시키지 않는 한 말이다.

식구들이 움직인 순간부터 나 또한 안심하고 외계의 존재들을 향해서 움직였다.

지금도 어둠의 근원에 물든 존재를 향해 녹색의 빛으로 물든 주먹으로 속성력을 발사했다.

콰—직!

화염의 속성이 마이너스 에너지로 가득한 존재의 외계의 존재의 외피를 뚫고 틀어박혔다.

콰콰쾅!

의지를 실은 화염의 에테르가 안으로 들어가 카오스와 반발을 일으키는 것과 동시에 화려한 폭발이 일어난다.

육체와 체액이 산산이 흩어져 신의 전장에 흩뿌려진다.

퍼퍼퍼퍽!

콰콰콰콰쾅!!

사방에서 괴수와 인간을 닮은 존재들이 달려들었지만 소용이 없다. 참진팔격을 따르는 내 몸짓에 따라 연이어 폭발하며 흩어지는 모습이 장관일 정도다.

'이제는 다른 것으로 해보자.'

상당수의 괴수들과 존재들을 소멸시켰다. 이번에는 속성이 아니라 권능을 사용해볼 차례다.

신격을 가진 존재나 초월자들과 제대로 된 전투는 지금까지 별로 없었다. 내가 가진 것을 한 번 시험해 볼 생각이다.

생각이 일자 신체가 흐릿해 진다. 몸을 산화시켜 의지만으로 이루어진 영체가 된 것이다.

지금 시전한 것은 매영의 비기다.

지하 비밀 실험실에서 흑운이 펼쳤던 것과 비슷한 종류의 비기다. 유일하게 노출되어 흑운이 아류를 만들어 사용했던 매영의 비기인 비산영이다.

비산영을 펼치면 의지만 있다면 소멸되지 않는 불사의 신체를 가지게 된다. 몸 자체가 허무의 공간이 되어버리는 터라 권능이 담긴 공격도 소용이 없어지니 말이다.

콰드드드드득!

쇄—애액!

지금까지 피하며 공격을 했지만 이제부터는 다르다.

샌드 웜을 닮은 괴물이 집채만 한 아가리를 벌린 채 나를 집어삼키려 하지만 물리력을 행사할 수 없으니 내가 지나간 땅만 집어삼킨다. 괴물의 거대한 집게발도 그대로 나를 통과해 버리고 만다.

매영이 내게 전한 열두 가지 비기 중 나머지도 참진팔격을 통해 쏟아냈다.

콰콰콰쾅!

고대 엘프가 권능을 얻을 수 있게 만들었던 것들인 만큼 위력이 상당하다.

'이건 권능을 넘어선다. 존재 자체를 인과율 시스템에서 지워버리고, 새롭게 재편성을 하다니…….'

조금 전까지는 속성력을 사용해 에테르와 카오스의 반발이 일어나게끔 만들어 폭발시켰지만 지금은 기화시키며 아예 존재 자체를 지워버렸다.

창조주를 넘어서고자 했던 고대 엘프들이 마도학을 만들어내기 이전에 완성했던 고유의 권능들이 바로 매영의 비기다.

권능을 얻게 해주기는 했지만 격을 성장시키는데 한계에 부딪친 고대 엘프들은 자신들이 완성한 비기를 버리고 마도학을 선택했다.

그런데 에테르와 카오스가 융합된 에너지를 실어 사용해보니 지금까지의 정보와는 완전히 다르다.

권능은 의지가 일어야 발동을 하고 인과율을 비트는 것만 가능하지만 매영의 비기는 다르다.

그저 인과율만 비트는 것만이 아니라 인과율 시스템에 인지된 존재 자체를 지워버리고 세상의 기반이 되는 에너지로 바꾸어 버리는 것이다.

시전되는 순간 의지가 인과율을 관통하며 모든 것을 바꾸어 버리는 것은 대차원의 창조주나 가능한 일이다.

'자신들이 완성시킨 것이 마도학을 넘어서 창조주에 근접할 수 있다는 것을 고대 엘프들이 알았을까? 만약 알았다면 새로운 대차원을 탄생시켰을 수도 있었을 테니 지금까지의 세상과는 달랐겠지.'

나처럼 에테르와 카오스를 융합한 에너지를 사용해야만 가능한 것이지만 고대 엘프들이 한 발 더 나아갔다면 충분히 새로운 대차원의 창조주가 되었을 가능성을 내포하고 있었기에 무서운 생각이 들었다.

'어쩌면 이것도 창조주가 예상한 것일지도 모른다. 고대 엘프들은 처음부터 창조성을 기반으로 만들어진 존재들이니까.'

마도학을 통해 창조주가 되려했던 고대 엘프들은 자신들의 수발이나 들던 인류에게 비기를 전수했다.

마도학으로 자신들이 재창조한 인류를 통해 세상을 조율하기 위해서였다.

샴발라로부터 퍼져 나와 세상으로 흘러든 열두 갈래의 인류는 고대 엘프들의 비기를 하나 씩 가지고 있었다.

성장하지 못했던 고대 엘프와는 달리 인류는 비기를 통해 권능을 얻고 격을 성장시켜 신의 반열에 올랐다.

그렇게 신으로 추앙받기 시작한 인류는 고대 엘프가 전한 비기를 잊어버렸다. 신격을 얻음으로서 시간의 흐름에 구애받지 않게 되었기 때문이다.

고대 엘프와 신족이 된 인류가 잊어버린 비기들이 매영에게 모두 모여 있었다.

초월적인 존재들이 권능을 자질 수 있게 만든 비기를 모두 잊어버리다,니 누군가에 의해 계획되지 않는 한 있을 수 없는 일이다.

'내가 창조주의 의지를 이어받기는 했지만 모든 것이 전해진 것이 아닌 것이 분명하다.'

내가 세운 계획으로 인해 세상이 변하기 시작했는데 새로운 변수가 나타났다. 원하는 대로 흘러가기는 하지만 준비를 해야 할 것 같다.

'일단은 신들의 전장을 정리하는 것이 우선이다.'

나를 향해 달려드는 존재들을 빠르게 소멸시켰다. 존재의 의미를 그대로 지워버리며 세상의 기반이 되는 에너지로 환원을 시켰다.

점차 전장이 정리되기 시작했다.

외계에서 넘어온 혼돈의 존재들이 전부 소멸하고 남은 것은 지구가 속한 대차원의 존재들뿐이다.

처음 싸울 때는 상처를 입어 신혈을 흘려 댔지만 외계의 존재들이 가진 권능과 격을 흡수하면서 진화를 한 덕분인지 모두 깨끗했다.

'소멸하는 순간에 가지고 있는 에너지의 대부분이 세상으로 흩어져 버리니 전부 흡수할 수 있는 것은 아닌 모양이군.'

상대를 소멸시킴으로서 크게 성장할 수 있음에도 대부분의 존재들이 그러지 못했다.

전투의 여파로 인해 발생하는 파장을 완화하기 위해 정장에 흩어지는 에너지 대부분을 세상에 퍼지게 신들의 전장을 만들었기 때문인 것 같다.

— 이제부터 이차전이 시작되니 모두 내 옆으로 모이세요.

식구들을 불러들였다. 미연이와 장모님, 그리고 부모님과 할

아버지 모두 많이 성장하신 것 같아 기뻤다.

— *지금 네트워크로 연결이 된 권능을 풀겠습니다. 이제부터는 각자의 의대로 움직여야 합니다.*

지구가 속한 대차원의 존재들과 외계의 존재들 간의 싸움이 끝났기에 제약이 하나 더해졌다.

이제는 같은 의지를 가진 존재들이라 할지라도 전투를 벌여야 한다.

같은 의지를 가진 집단들은 지금까지 함께 해왔던 이들을 소멸시켜 흡수할 것인지 아니면 승낙을 받고 흡수할 것인지 결정을 해야만 한다.

— *차훈아, 나는 모든 것을 너에게 넘기겠다.*

아버지가 제일 먼저 나에게 자신의 모든 것을 넘기겠다고 의지를 천명하셨다.

— *나도 넘기도록 하마.*

곧바로 어머니까지 나에게 모든 것을 넘기셨다.

— *고생하셨습니다. 두 분의 의지를 이어받도록 하겠습니다. 이제 그만 돌아가서 쉬도록 하세요.*

— *믿으마.*

— *다치면 안 된다.*

두 분 다 걱정스러운 한마디를 남기도 신들의 전장에서 사라지셨다. 지구로 귀환을 한 것이다.

— *내가 없어도 되겠느냐?*

이번에는 할아버지다.

— 걱정하지 않으셔도 됩니다.

— 하긴, 창조주의 의지를 이어 받았으니. 모든 것을 잘 해결하리라 믿는다. 나 또한 내 모든 것을 너에게 넘기마.

— 고맙습니다, 할아버지.

내 대답이 떨어지자 할아버지의 모습도 사라지셨다.

— 사위, 믿어도 되는 것인가?

— 예, 어머님. 연미만 있어도 충분합니다.

— 알았네. 그런 나는 연미에게 내 모든 것을 넘기겠네.

— 엄마, 고마워요. 지구에서 봐요.

— 그래, 네 모든 것을 줄 테니 박 서방하고 잘 마무리하도록 해라.

— 알았어요.

장모님도 연미에게 자신의 모든 것을 넘기고 지구로 귀환하셨다. 이제 신들의 전장에는 적들을 제외하고 나와 연미만이 남았다.

나와 연미에게 자신들의 모든 것을 전하고 세 분이 지구로 귀환한 반면 다른 존재들은 대부분 그러지 못했다.

최후의 승자가 창조주가 될 수 있기 때문인지 자신의 권능과 의지를 건네려 하지 않았다.

자신의 모든 것을 주게 되면 평범한 보통 사람으로 돌아가게 된다는 것을 알았기 때문인지도 모르겠다.

여기저기서 상잔이 일어났다. 자신의 창조해 신격을 얻은 존재들을 무참히 소멸시키기도 하고, 자신을 창조한 존재의 심장에 검을 꽂기도 했다.

소멸을 두려워해 몇몇은 자신이 가진 모든 건네고 지구나 자신이 속한 세계로 귀환하기도 했다.

모든 것이 끝날 때쯤 재미있게도 신들의 전장에 남은 수는 열둘뿐이었다.

고대 엘프가 세상으로 내보낸 인류의 종족과 같은 숫자이고, 지구가 속한 대차원에 속한 세상의 수와 외계의 대차원의 수를 합친 것과 같았다.

남아 있는 존재들은 신화 속의 주신이라 일컬어지는 일곱 존재, 혈정을 얻은 미하일과 김윤일, 천환의 환생자인 김형식과 나와 연미까지 모두 열둘이었다.

신화 속의 존재들은 제우스, 오딘, 아마테라스 등 세상의 주류를 형성하는 국가나 민족의 주신들이었다. 집단을 이루는 신화의 주인공들답게 모두가 만만치 않아 보였다.

'반고를 소멸시켰다고 생각했는데 그것도 아니었나 보군.'

주신들로 보이는 이들 가운데는 반고도 있었다. 아무래도 내가 소멸시켰던 것은 반고를 따랐던 하위의 존재이거나 그의 분신이었던 것 같다.

'하긴, 그렇게 쉽게 소멸하는 것이 이상하다 했다. 베이징에 설치된 구조물의 규모를 봤을 때 제우스나 오딘을 넘어서야 함

에도 그렇지 못했으니까. 어찌 되었거나 신들의 전장을 벗어날 수 없으니 결판이 나겠지.'

최후의 하나가 남기 전까지는 신의 전장을 떠날 수 없다. 홀로선 존재가 되었을 때만 완벽하게 벗어날 수 있는 것이다.

'혈정을 얻은 존재들이 가지고 있는 권능들이 아직도 진화하고 있다. 천환의 환생자인 소장까지 있으니 최대한 빨리 결판을 내야겠군.'

기다릴 여유가 없다. 변수 또한 허용하고 싶지 않았기에 최대한 빨리 결판을 내야 했다.

'그나저나 엄청난 성장이군.'

미하일과 김형식, 그리고 김윤일은 존재의 격이 엄청날 정도로 커져 있었다. 어쩌면 주신이라는 존재들을 넘어설 정도로 강력한 에너지를 잘 갈무리하고 있었다.

'으음, 다들 창조주에 버금가게 성장했군. 쉽지 않은 일이었을 텐데 다들 주신 급이라서 그런가?'

신들의 전장에 마주선 열두 존재들은 이미 자신만의 방식으로 에테르와 카오스를 융합한 상태인 것 같다.

외계의 존재가 가진 권능을 흡수한 존재들을 재차 흡수해 강력한 권능을 가지게 됐기에 자연스럽게 자신이 가지게 된 에너지들도 합칠 수 있었던 것 같다.

'쉽지만은 않겠군.'

창조주에 의해 만들어진 에너지를 기반으로 존재하는 것이 아니라 자신만의 에너지를 가지게 되어 진정으로 격이 발휘되고 있었다.

　방법이 어찌되었든지 자신의 에너지를 가지게 됨으로써 하려고 하는 의지만 있다면 언제든지 대차원을 만들 수 있는 존재들이 된 것이다.

　'이제 곧 시작이군.'

　주신이라 일컬어지는 존재들이 하나둘 상대를 정하고 전장의 중심에 서기 시작했다.

　'권능이 담긴 무기를 사용하려 하는 것을 보면 외계의 존재들을 상대할 때와는 전투 방식이 달라진다는 것을 이미 알고 있는 모양이군.'

　지구와 같은 세상에서 권능을 발휘하면 자연계나 인과율에도 영향을 미친다. 번개를 소환하고, 바람을 부르는 등 자연을 움직이고, 인과를 비트는 것이 가능하지만 여기는 아니다.

　외계의 존재들과 전투를 할 때는 조금 허용이 되기는 했지만 지금부터는 권능이 자연에 영향을 미치는 것이 금지가 된다. 자신을 능력을 높이는 것 이외에는 영향을 미치지 않는 것이다.

　그것 때문인지 권능을 이용해 무기를 생성한 존재들이 많았다. 권능을 응집해 자신의 무기를 만들어 낸 것이다.

　전신에 전류가 흐르는 황금 갑옷을 입은 제우스는 번개 창을 들고 있었다. 제우스가 상대할 존재는 중앙아시아에서 전해지는 신화의 주인인 칸 텡그리였다.

'구원이 있는 모양이군.'

가죽 같은 옷을 입고 거대한 적색의 도끼를 허리에 찬 채 제우스를 바라보는 칸 텡그리의 두 눈에는 노여움이 가득 차 있었다. 마치 오랜 숙적을 만난 것 같은 모습이다.

북구 신화의 주신인 오딘도 황금 갑옷을 걸치고 있었다. 그는 익히 알려진 궁니르를 들고 아마테라스 앞에 서 있었는데, 자신감이 가득한 표정이다.

부서지지 않는 창인 궁니르는 목표한 상대를 끝까지 쫓아가 꿰뚫은 후 주인에게 돌아오는 아주 무서운 신물이었다.

오딘에 맞선 아마테라스 또한 갑옷을 입고 있었다. 일본의 전국 시대 무장이 착용했을 법한 흑백의 갑옷과 함께 검면이 흑백으로 되어 있는 기다란 카타나를 들고 전투의 의지를 다지고 있었다.

'용호상박이 되겠군.'

오딘은 내가 찾지 못한 혈정을 통해 격을 상승시키고 고대 엘프의 유산인 구조물과 마도학의 마법진을 활용해 궁니르를 강화시켰다. 오딘이 갖춘 전력이라면 창조주라도 단번에 소멸시킬 수 있었다.

그렇지만 아마테라스도 만만치 않았다. 삼귀자를 뒤에서 조종하는 존재들이 가진 것을 모두 흡수한 것 같았다. 2차 세계대전 당시에 일본을 제국이라 불리게 만들었던 고대 엘프의 계승자들의 힘과 권능을 말이다.

'다른 곳도 만만치 않군.'

한두교의 최고신이라고 할 수 있는 브라흐만은 남미 신화의 주신인 케찰코아틀과 맞서고 있었다.

브라흐만은 양쪽에 끝이 아홉 갈래로 갈라진 창을 들고 있었는데, 모습이 무척이나 특이했다. 양쪽의 갈라진 중심에는 붉은색과 푸른색의 구체가 맴돌고 있었는데 흘러나오는 에너지가 심상치 않아 보이는 기이한 창이었다.

마주하고 있는 케찰코아틀도 마찬가지였다. 그는 특이하게도 무기대신 손가락에서 길게 손톱이 자라 있었다. 붉디붉은 열 개의 손톱은 브라흐만이 가진 무기에 못지않은 강한 기운을 품고 있었다.

'무기를 들고 있는 자들과는 달리 다른 존재들은 자신의 신체를 강화했군.'

온통 검은 색으로 물든 반고와 김윤일은 아무런 무기를 들지 않고 마주하고 있었지만 기세만큼은 다른 누구보다 강렬했다. 서로 간에 쌓인 은원 때문이 분명했다.

미하일과 연미도 무기를 들지 않은 채 마주하며 서 있었다. 혈정을 얻어 홀로선 존재에 가까워진 미하일과 창조주의 반려로서 모든 생명의 원천인 연미는 서로를 인식하고 있는 것 같았다.

창조주의 의지로 모든 생명을 잉태시키는 존재와 생명들의 죽음을 통해 격을 높인 존재의 부딪침은 무척이나 강렬하고 난폭했다.

전투의 시작이 멀지않았는지 다들 강렬한 권능이 서린 매서운 기세를 풍기고 있었다.

천환의 배신자이자 환생자인 김형식 또한 빈 몸으로 상당한 기세를 흘리며 천천히 나에게 다가오고 있었다.

"그때 너를 알아봤어야 했는데, 내 실수였다."

대차원을 창조한 존재로서 격을 잃고 천환의 환생자로 현재에 선 김형식의 목소리에는 후회의 빛이 역력했다.

"스승님께서 모든 것을 걸고 나를 감춘 덕분이었지."

"그래, 내가 대사형을 너무 쉽게 봤던 것 같다. 하지만 바로 잡아야 하겠지. 이제 거의 다 왔으니 말이야."

"맞는 이야기다. 이곳에서 결착이 지어지겠지. 나 또한 당신을 만나길 기원하고 있었다."

"이제 두 번째 전투가 시작될 텐데 이번에는 어떤 제한이 걸려 있는 건가?"

"제한은 없다."

"가지고 있는 힘과 권능을 모두 쓸 수 있다는 뜻인가?"

"그렇다. 최후에 서는 자에게 모든 의지가 하나로 모여질 것이다. 자신이 원하는 세상을 만들려 한다면 다른 존재를 모두 물리쳐야 할 것이다."

다들 느끼고 있겠지만 이번 전투의 의미를 굳이 설명한 이유는 다른 이들이 확실히 듣기를 바랐기 때문이다.

이번과 다음번 전투는 일대일의 싸움이다. 다른 이들이 절대 간섭할 수 없다.

그렇게 두 번의 전투 후에 남은 세 존재에게는 그런 것이 없다. 둘이서 하나를 소멸시키고 마지막으로 대결을 해도 상관이 없다.

신들의 전장을 만든 내 의지로 결정지어진 제약이다.

대전 상대가 결정이 되었기에 공간이 갈라진다. 전투가 시작되면 사대 이외에는 아무것도 존재하지 않는 공간이 된다. 다른 존재의 간섭을 원천적으로 막기 위해서다.

신들의 전장 안에 갈라진 공간에는 나와 김형식 만이 남았다.

"다른 자들의 존재감이 전혀 느껴지지 않는 것을 보니 시작이 됐나보군."

"그렇다."

"여기 우리가 서 있는 이 공간은 내가 만든 것을 차용한 것 같은데, 맞나?"

"잘 아는군."

김형식의 말이 맞다. 신들의 전장은 김형식이 만들어 자신의 힘을 키우던 수용소에서 아이디어를 따와 만든 공간이다.

"격을 가진 존재의 에너지를 전부 흡수할 수 없었던 것도 그 때문이군. 흩어진 에너지들은 세상으로 돌아간 건가?"

"원래의 자리로 돌려보냈다. 새로운 세상을 위한 밑거름으로 쓰일 것이다."

"하하하하! 아주 재미있는 일이군. 그런데 이자가 너무 큰 것 아닌가?"

창조주가 만든 세상에서 에너지를 얻기는 했지만 그것을 키운 것은 격을 지닌 존재들이다. 자신들이 흡수한 에테르나 카오스보다 몇 천 배나 많은 에너지를 새롭게 만들어냈다. 그것들을 다시 세상에 돌려보낸다고 하니 불만인 모양이다.

"불만이면 최후의 존재로 남아 모든 것을 다 가지면 된다."

"그렇지."

창조주의 의지를 잇고, 신들의 전장을 만든 나도 이 공간에서는 내 마음대로 하지 못한다. 승리한 존재만이 모든 것을 가질 수 있다는 원칙을 위배하는 순간 신들의 전장은 사라지고 마니 말이다.

격을 지닌 존재들을 벗어나지 못하도록 하기 위해서는 나 또한 이 공간의 법칙을 따라야 하는 것이다.

"그나저나 아까 보니 매영의 비기를 얻은 것 같은데, 고대 엘프의 모든 것을 얻은 나를 상대할 수 있을지 모르겠군."

비기를 이용해 권능을 가지게 된 고대 엘프들을 소멸시키고 그들의 권능을 흡수한 것 때문에 자신 있는 모양이다.

"쓸데없는 소리는 집어치우고 시작하지."

어차피 전투가 치러지면 알게 될 것이다.

고대 엘프들이 등한시하고 인류에게 전한 비기가 어떤 의미인지 말이다.

제8장

카오스를 진하게 담은 주먹이 들어왔다.

자신이 창조한 세계의 기운을 품은 것이어서 그런지는 몰라도 김형식의 주먹은 거력이 담겨 있음에도 매우 자연스러웠다.

팡!

느린 것 같지만 어느새 공간을 끊고 들어오는 주먹을 손으로 쳐냈다.

'에테르를 아예 카오스에 종속시켰구나.'

접촉하는 순간 내 기운을 산산이 흩어버린 것도 모자라 찌릿하게 손을 타고 오르는 기운이 만만치 않다.

기운을 읽어 김형식이 가진 권능의 정체를 파악하려 해봤지만 알 수 있는 것은 한 가지뿐이다.

나처럼 균형을 맞춰 에너지를 융합한 것이 아니라 카오스를 주로 에테르를 보조로 사용한다는 사실.

'겉으로 보기에 융합을 한 것 같지만 융합한 것은 아니군. 그 저 카오스로 에테르를 부리는 것이다.'

내부로 흘러들어오는 변화된 카오스를 조종하는 것이 에테르다. 마구 치달리는 카오스의 특성을 에테르에 실은 의지로 조종하는 것이다.

휘몰아치는 카오스를 찍어 누르며 흩어낸 후 나 또한 주먹을 내질렀다.

파파파파팡!

찰나에 가까운 시간에 연이어 반격의 주먹을 내뻗자 김형식이 빙글 돌아가며 어깨를 밀고 쇄도한다.

태산이라도 한 번에 뭉개버릴 수 있는 거력이 어깨에 담겨 있었다.

팔꿈치를 들어 찍어내듯 어깨를 밀치며 동시에 무릎을 이용해 복부를 공격했다.

쿠―웅!

손바닥을 교차하며 무릎을 막아내는 반발력을 이용해 뒤로 물러선 김형식의 얼굴 표정이 싸늘하다.

그럴 만도 할 것이다. 내부를 갉아 먹도록 일부로 흘려낸 자신의 기운이 아무런 효과도 발휘하지 않고 있으니 말이다.

잠시 뒤 김형식의 얼굴이 일그러진다. 나도 김형식과 비슷하게 내 기운을 투입시켰는데 효과를 본 모양이다.

외계와 연결된 통로를 막으면서 카오스에 대해 대부분 이해했고, 창조주의 의지를 이어받은 후 정확하게 인지했다.

균형이 맞지 않는 에너지들이 융합된 것이라 틈을 찾아내는 것이 어렵지 않은 탓에 성공한 것 같다.

파파팟!

파파파파팡!

침투시킨 기운을 해소한 것인지 공격이 매서워졌다. 유형을 특정할 수 없는 동작으로 연이어 공격을 해댄다.

내부로 밀려드는 기운을 해소시키며 계속해서 김형식의 공격을 쳐냈다.

'으음, 지구상에 존재하는 거의 모든 유형의 무술을 익힌 모양이군.'

머리 끝에서 발끝까지 모든 신체를 사용하고 있다. 주먹과 동시에 발이 날아오고, 연이어 몸통을 이용한 공격이 강력한 기세를 담고 짓쳐온다.

권능이 담겨 있어서 그런지 한 수 한 수가 보통이 아니다.

무투가들이 벌이는 공방과는 완전히 다르다. 무공을 익힌 이들이 펼치는 싸움과는 비슷해 보이지만 격이 다르다.

신체가 닿는 순간 의지와 권능이 담긴 에너지를 투입해 정신까지 공격하는 것이니 말이다.

무인이 내공을 이용해 자신의 무예를 펼친다면 나와 김형식의 공방은 다르다.

내부에 품고 있는 융합 에너지를 주로 사용하기도 하지만 의지를 이용해 세상에 퍼진 에너지를 무한정 사용할 수 있으니 말이다.

콰─콰콰쾅!

그렇게 공격에 담아내는 에너지의 수준이 점점 더 늘어나자 에너지의 반발도 커지며 커다란 폭음을 터트리기 시작했다.

나와 김형식이 쓰고 있는 에너지의 특성이 다르다고 해도 에테르와 카오스를 융합한 것이다.

상쇄되거나 합쳐지는 것이 정상인데 이정도로 반발이 센 것은 의지를 담았기 때문이다.

에너지와 에너지가 부딪치는 것은 부차적이고 의지와 의지가 부딪치며 공간을 흔들고 있는 것이다.

'본래의 자신을 다 회복한 모양이군.'

창조주의 협력 아래 천환의 환생자가 되면서 대부분의 권능과 격을 잃었다는 것은 이제 생각하지 말아야 할 것 같다.

에너지와 에너지, 그리고 의지와 의지가 부딪치고 있음에도 전혀 밀리는 것 같지 않으니 말이다.

김형식은 믿을 수가 없었다.

권능과 의지를 되찾고, 모든 것의 근원이 되는 카오스를 직접 받아들여 홀로선 존재가 된 상태다.

대차원의 창조주로서 처음 존재했을 때보다 격이 높은 상태가 됐음에도 차훈을 어찌할 수 없었기 때문이다.

'이렇게 해서는 절대 승산이 없다. 애송이라고 생각했는데 대사형의 모든 것을 얻었다니……'

이번 전투에서 압도적으로 이겨야 다음 번 전투가 편안해지는데 그럴 수가 없었다. 공격을 방어하는 것을 보면 만만치 않았다. 기회를 노리고 있는 것이 분명했다.

더군다나 자신의 의지를 흩어버리려고 하는 것을 보면서 대사형이 남긴 것이 평범한 것이 아니었음을 깨달았다.

사실 이 평범하지 않은 공간에 온 후 대사형이 소멸하고 어딘가에서 지켜보고 있을지도 모른다고 생각했었다.

공간의 격과 규모가 창조주가 아니면 만들 수 없는 곳이었기 때문이다.

하지만 이제 생각을 바꿨다. 차훈과 싸우면서 그런 생각을 수정해야 했다.

가지고 있는 근원의 기운도 자신에게 뒤지지 않을 뿐만 아니라 담겨 있는 의지마저도 약하지 않았다.

절대 불멸의 홀로선 존재였던 대사형이 창조주로서의 소멸을 각오하고 모든 것을 넘긴 것이 분명했다.

'어떻게 그것이 가능하지?'

공격을 이어가면서도 생각을 계속했다.

창조주의 소멸은 불가능한 일이다. 처음으로 홀로선 존재이고, 의지를 가진 대차원이 존재하는 한 영원불멸의 삶을 살아가기 때문이다.

'그렇다면 흡수했다는 소리인데……'

그런 창조주가 소멸을 했다는 어불성설이다. 남아 있는 한 가지 가능성은 눈앞에서 자신의 공격을 막고 있는 차훈이 모든 것을 흡수한 것뿐이었다.

'그럴 것이다. 모든 것을 흡수하고 격을 찾았다면 이런 공간을 만든 것도 가능했을 테니 말이야.'

자신의 의지가 깃든 카오스를 무의미하게 만드는 것이 이제 이해가 갔다.

'다음을 위해 감춰 두고 있었지만 그래서는 곤란하겠군. 어쩌면 나에게 주어진 진짜 기회일 수도 있고 말이야.'

김형식은 이런 식으로는 결판이 나지 않는다는 것을 깨달았다. 자신과 같은 존재이기에 특단의 조치가 필요했다.

그리고 창조주의 의지와 권능을 가진 존재를 흡수하게 된다면 자신이 그토록 바라던 대차원의 진정한 주인이 될 수도 있었기에 승부를 걸 때라고 생각했다.

'존재를 덮어버린다.'

슈―슈슈슉!

콰콰코콰콰콰쾅!!

사삿!

김형식은 연이어 거센 공격을 한 후 자신의 의지와 권능을 공간에 퍼트렸다. 원형체인 육신도 찰나 간에 공간으로 퍼져 나갔다.

'성공이다.'

이 이상한 공간은 이용하는 데에는 제한이 걸려 있었다. 혼돈과 파괴의 근원을 가지고 있었기에 충분히 제약을 벗어날 수 있다는 생각에서 해봤는데 결과는 성공적이었다.

'이제 모든 것이 내 의지대로 이루어지는 곳이 됐다.'

공간에 제약이 걸려 있다면 자신이 공간이 되면 되었다. 자신의 의지로 공간 전체를 덮어 버린 후 뜻대로 움직이면 되는 것이다.

'하하하, 잡았다.'

차훈을 에워싼 후 김형식은 쾌재를 불렀다.

움직임에 제한이 가해지고 권능을 발휘하는데 어려움을 겪는 것인지 차훈의 인상이 일그러져 있었다. 존재를 결박하는 데 성공한 것이 분명했다.

카오스를 이용해 에테르를 흡수하면서 권능을 강화하고 격을 높일 수 있었다.

이 이상한 공간으로 온 후에 외계의 존재들을 흡수한 후 자신이 융합한 에너지가 더욱 많아졌고 존재의 격도 진화를 한 상태였다.

'이제 넌 끝이다.'

김형식은 아낌없이 자신의 에너지를 차훈의 존재 속으로 밀어 넣었다.

경계에 서서 에테르와 카오스를 흡수할 때 써먹었던 방법이었기에 성공을 확신했다.

의지가 담긴 에너지를 집어넣고, 동화시킨 후 흡수하는 방법이었는데 여전히 잘 먹히고 있었다.

'당신은 모든 것을 잃게 될 것이오. 대사형.'

대사형의 모든 것을 얻은 것으로 보이는 차훈은 미숙했다. 자신의 의지가 담긴 에너지가 깊숙이 침투하고 있음에도 아무런 대응을 하지 못했다.

'근원에 닿을 때까지 흡수한 후 집어 삼킨다.'

대응이 안 될 때 모든 것을 끝내야했기에 김형식은 더욱 많은 에너지를 집어넣었다.

자신이 가진 모든 에너지를 전부 집어넣는다고 해도 상관이 없다.

의지를 간직한 것이기에 내부부터 장악하고 천천히 동화시킨 후 흡수하면 되는 일이었으니 말이다.

신들의 전장을 자신이라는 존재로 덮어버린 후 갑자기 치고 들어왔다.

의지를 실은 에너지를 밀어 넣기에 처음에는 반응을 할까 싶었지만 그대로 놔두었다. 재미있는 짓을 하려는 것 같았기 때문이다.

생각하는 것 자체가 대차원을 창조한 존재답다고나 할까.

내가 가진 것들을 자신의 의지로 동화시켜 가지려 하다니 말이다.

김형식의 의지가 실린 에너지가 내 근원을 찾고 있다.

밀어 넣고 있는 에너지로 나를 자신에게 동화시키며 정확하게 찾아오고 있다.

내가 가진 에너지를 변형시키는 것도 근원을 찾아 찾아오는 것도 막지 않았다.

하지만 성공할지는 의문이다. 내가 가진 육체의 심장까지 도달하는 것이 그리 쉽지는 않을 테니 말이다.

내 근원은 정체를 알 수 없는 심연이다. 깊이를 알 수 없는 무한의 늪이다.

사실 내 근원에 대해서는 나도 정확히 모른다. 녹색으로 변해버린 심장에 대해서 아무것도 모르니 말이다.

'근원의 에너지라는 것을 알기는 하지만 정체는 아직도 알아내지 못했으니까.'

내가 녹령이라 이름을 붙인 알 수 없는 녹색 광물의 정체는 지금까지도 의문이다.

혈정이야 창조주가 심은 창조의 씨앗이 모인 것이라는 것을 알지만 이것만큼은 아니다. 창조주가 남겨 놓은 대차원의 정보를 모두 뒤졌는데도 알 수가 없다.

김형식이 카오스를 기반으로 하는 외계 대차원의 창조주라고 할지라도 이것의 정체를 알리는 만무하다.

나조차도 그리고 창조주의 정보에서도 정체가 파악되지 않는 근원의 에너지다. 그런 에너지를 동조시켜 자신의 것으로 만들려고 하는 것 자체가 어불성설이다.

더군다나 내가 가진 근원의 에너지는 지금까지 모든 것을 자신의 것으로 만들었다. 혈정도 그렇고 카오스도 모두가 근원의 에너지에 동화되어 버려 새로운 형태로 진화했다.

어쩌면 녹령은 에테르나 카오스보다 근원적인 어떤 것일지도 모른다. 창조주와 같은 홀로선 존재마저 없었을 그 순간에 존재했던 것일 가능성이 높다.

자신을 의지를 가진 에너지로 변환한 후 나에게로 들어온 탓인지 신들의 전장에 가득 찼던 김형식의 존재감이 사라졌다.

'이제부터 시작이다.'

근원의 에너지를 풀어냈다. 이제 거대한 에너지의 바다가 만들어졌다.

내가 가진 에너지의 흐름을 강물 정도로 여기고 수원지를 찾아 거슬러 올라오던 김형식의 의지가 허둥대는 것이 느껴진다.

근원에 다가갔다고 생각했는데 갑자기 거대한 바다가 나타났으니 그럴 만도 할 것이다.

내가 가진 권능은 그야말로 근원의 에너지가 가진 일부분만 사용해서 발휘되고 있다.

너무도 거대해서 온전히 썼다가는 대차원은 물론 이고 외계까지도 파멸시키고도 남을 정도기에 일부만 쓸 수밖에 없다는 것을 김형식은 몰랐다.

— 으으으, 네놈이!

— 선택은 네가 한 것이다.

— 도대체 이것이 무엇이냐? 어떻게 이럴 수가 있다는 말이냐? 내가 만든 대차원을 아득히 넘어서는 에너지라니…….

— 나 또한 그 에너지는 미지의 영역이다. 세상과 차원의 근원이라는 것만 알고 있을 뿐이다.

— 크으, 나는 이렇게 사라지는 것이냐?

— 사라지는 것이 아니다. 너 또한 그곳에서 존재할 테니까.

— 크크크, 부질없는 짓이었군. 모두가 부질없는…….

썩은 물이 흘러들어온다고 해서 바다가 변하지는 않는다. 조금 탁해지기는 하겠지만 바다는 바다일 뿐이다.

김형식의 의지가 조금씩 흐려지는 것이 느껴진다. 거대한 바다에 스며들어가 자신이라는 존재감을 잃어가기 때문이다.

보다 거대한 의지와 에너지 편입해 가는 것이기에 소멸은 아니다.

'이것이 김형식이 가진 정보인가?'

외계의 창조주로서 가지고 있던 정보가 전해진다. 스승님께서 소멸을 전제로 나에게 전해준 정보보다 상세하고 많다.

그동안 환생자로서 준비해온 모든 것도 내 의식에 덧씌워지는 정보 안에 담겨 있었다.

'연미는 어떻게 됐지?'

김형식의 모든 것을 흡수했기에 다른 공간을 살폈다. 개입하는 것은 불가능하지만 어떻게 진행이 되는지는 살펴볼 수가 있기에 의지를 확산시켰다.

'연미가 성장하고 있구나.'

예상을 한 대로 연미는 미하일이 가진 혈정을 흡수하고 있는 중이다.

미하일도 김형식과 비슷한 방법을 사용했다. 연미가 가진 생명 창조의 힘을 흡수하고자 했지만 실패를 한 모양새다.

가이아의 본체를 흡수하고 내가 건네 준 권능을 일부 가지고 있는 연미의 상대가 될 수 없는데 무리를 한 것이 분명하다.

'고대 엘프의 정보를 전부 얻지 못했으니 당연한 일이다.'

미하일은 샴발라에 있는 동안 김형식으로 인해 성장이 멈춰져 있었다. 기반이 되는 에너지는 김형식이 대부분 흡수했고, 흡수한 고대 엘프의 지식도 반이 채 되지 못해 온전한 것이 아니었다.

신들의 전장에 남아 있는 존재 중에서 가장 약한 존재라고 할 수 있으니 연미의 상대가 될 수는 없었던 것이다.

'다른 곳은 어떻게 됐는지 볼까?'

의지를 확산시켰다. 분리된 공간에서 일어나고 있는 일들이 확연하게 느껴진다.

번개 창을 휘두르는 제우스와 그에 맞서 적색의 거대한 도끼를 휘두르는 칸 텡그리의 전투는 격렬했다.

권능과 권능 에너지와 에너지가 부딪치는 통에 가히 천신의 전투라 할만 했다.

'제우스가 밀리고 있다니.'

격렬해 보이지만 자세하게 보면 제우스가 밀리고 있었다. 전투가 격렬해지면 질수록 제우스가 가진 에너지가 줄어들고 있었다.

퍽!

서걱!

그리고 어느 순간!

거대한 적색의 도끼가 제우스의 정수리에 꽂히고, 다른 하나가 허리를 갈랐다. 황금빛 신혈이 공간을 적시는 것과 동시에 제우스가 무릎을 꿇었다.

― 약속을 저버린 버러지 같은 네놈에게 이제야 복수를 하는구나.

― 크억!

― 잘 가라.

칸 텡그리는 입으로 황금빛 신혈을 토해내는 제우스의 정수리에 박힌 도끼를 빼냈다.

휘익!

쩌—억!!

칸 텡그리가 도끼를 높이 치켜들더니 아래로 내려찍었다. 반쪽으로 양단된 제우스의 신형이 황금빛으로 산화했다.

도끼를 쥔 양손을 높이 쳐든 칸 텡그리는 황금빛으로 변화한 제우스의 권능과 에너지를 흡수했다.

'대단하군.'

서구의 신화가 중앙아시아에서 비롯되었다고 알고 있기는 했지만 제우스가 가진 권능도 칸 텡그리로부터 비롯된 것이 분명하다.

'온전하게 모든 것이 전해진 것은 아니 것이 분명하다.'

제우스가 이길 줄 알았는데 칸 텡그리가 이기다니 흥미로운 일이다. 내가 가진 정보가 전부가 아니라는 것을 확인할 수 있었으니 말이다.

제우스와 칸 텡그리 사이에 일어났던 일들도 나에게 전해지지 않은 정보다. 그동안 불완전했던 인과율 시스템으로서 인해 벌어진 일이다.

'오딘과 아마테라스는 어떻게 됐는지 살펴보자.'

의식을 열자 전장이 보였다. 누군가 승리했을 것이라 생각했는데 상황이 좀 묘했다.

아마테라스의 카타나가 오딘의 심장에 깊숙이 박혀 있었고, 오딘의 궁그닐이 아카테라스의 머리를 꿰뚫고 있는 모습이 보였다. 양패구상을 한 것이 분명했다.

공간에 새겨진 정보를 보니 연유를 알 수 있었다. 격렬한 전투가 이어지는 와중에 아마테라스의 공격이 성공했다.

그렇지만 지정한 적을 끝까지 쫓는 오딘의 궁그닐이 방심하고 있던 아마테라스의 뒤통수를 꿰뚫고 들어와 버린 것이었다.

'오딘이 혈정과 마도학을 수습했지만 고대 엘프의 힘이라고 할 수 있는 천신의 권능을 흡수한 아마테라스를 너무 얕본 모양이군.'

오딘이 대영박물관에서 사라진 고대 엘프의 구조물과 마도학, 그리고 혈정을 이용해 자신의 권능을 강화했지만 아마테라스도 만반의 준비를 하고 왔었다.

아마테라스가 자신을 뒤에서 조종하던 고대 엘프의 힘을 계승한 자들을 모조리 참살하고 그들의 권능을 모두 흡수한 채 신들의 전장에 왔다는 것을 오딘은 모르고 있었기에 이런 결과를 가져온 것이다.

둘 다 황금빛 신혈을 흘리며 산화하고 있었다.

승자가 없는 터라 두 존재의 권능과 에너지가 공간에 들어차고 있었다.

공간 자체가 소멸하며 세계와 하나가 되는 것이 느껴진다.

'승자가 없으니 세계로 흘러들겠군. 마도학의 기반인 마법진

과 구조물의 잔재는 내가 가져야겠군.'

신들의 전장은 승자가 없는 이런 경우에는 소멸과 동시에 에너지와 존재의 격이 세계로 환원되게 만들어졌다. 고대 엘프가 만들어진 마도학의 마법진과 구조물은 남을 것이기에 내가 만든 새로운 공간으로 회수했다. 이로서 내가 만들어 갈 대차원이 더욱 풍요로워 질 것이다.

'어디 다른 곳도⋯⋯.'

브라흐만과 케찰코아틀과 맞서고 있는 곳도 살폈다.

'이곳도 마찬가지군.'

거대한 크레이터의 중심에 브라흐만과 케찰코아틀이 쓰러져 있었다. 케찰코아틀의 심장이 있는 부분에는 커다란 구멍이 뚫려 있었고, 브라흐만의 전신에는 열 개의 손톱이 깊숙하게 박혀 있었다.

이곳도 양패 구상이 분명했다.

황금빛으로 산화한 두 존재의 권능과 에너지가 세계로 흘러들며 공간이 사라지고 있었다.

'김윤일이 어떻게 됐는지 보자.'

나로 인해 존재에 타격을 입은 반고다. 김윤일이 승리할 가능성이 높지만 살펴는 봐야했다.

공간에 대한 정보를 잃으니 예상대로 반고는 소멸하고 권능과 에너지를 김윤일이 흡수하고 있었다.

'이로서 승리한 존재는 나까지 모두 넷인가?'

전투로 인해 서로 양패구상해 소멸할 것이라고는 생각하지 못했었다. 마치 맞춰놓은 듯 연미와 칸 텡그리, 그리고 김윤일과 나만 승리했다.

승리자가 확정되자 신들의 전장이 변하기 시작했다.

쩌—저저적!

공간이 갈라지고 다시 합쳐지며 모든 존재가 한 공간으로 모였다.

한 공간에 존재하게 되자 모두가 변했다는 것이 느껴졌다. 대차원을 창조한 창조주만큼의 권능과 격이 보여지니 말이다.

칸 텡그리가 표정 없는 모습으로 연미 앞으로 걸어간다. 다음 상대를 정한 것이다.

나는 자연스럽게 김윤일로 상대가 정해졌다.

"너와 이렇게 마주하게 되다니. 이제 시작하지."

루시퍼가 가진 제한을 풀어 준 것이 나라는 것 때문인지 김윤일의 표정이 좋지 못하다.

창조주에 버금가는 권능과 에너지를 얻었지만 내가 개입한 것이 못내 찜찜한 모양이다.

우우우웅!

서로가 싸울 의지를 보이자 공간이 분리되기 시작했다.

또다시 신들의 전장이 변형을 일으켜 둘만의 공간으로 만들고 있었다.

외계의 존재들과 반고의 권능과 에너지를 흡수한 탓인지 거칠고 혼탁한 기운이 김윤일의 몸에서 흘러나왔다.

'역시, 완벽하게 카오스를 부활시켰다. 거기다가 혼돈의 근원에 더욱 가까워졌고…….'

내가 의도한 대로다. 다른 존재들이 융합을 통해 존재의 격을 성장시킨 것과는 달리 김윤일은 루시퍼가 가진 권능과 에너지를 강화시켰다.

내가 위험을 느낄 정도이니 흡수한 에테르와 카오스를 보다 근원적인 혼돈의 에너지로 바꾸어 버린 그의 선택을 탁월하다고 할 수 있었다.

'이런!!'

자신의 에너지를 펼치는 김윤일의 모습을 보면서 참진팔격이 나만의 것이 아님을 알 수 있었다. 놀랍게도 김윤일은 매영의 전투법을 알고 있었다.

파팟!

퍼퍼퍼퍽!

신형이 보이지 않을 정도로 빠르게 움직이며 공격을 하는 모습이 참진팔격을 따르는 것을 보면서 나 또한 같이 움직였다.

정반합처럼 쌍으로 움직이는 공방이 마치 춤을 추는 것 같아 보일 것이다. 같은 방법으로 맞서고 있으니 말이다.

공격과 방어가 절묘하게 맞물려 이어지고 있는 것을 느끼는 것인지 김윤일의 안색이 점점 일그러진다.

'김윤일에게 참진팔격을 전한 존재는 분명 매영이다. 흑운이 매영과 합작을 한 적도 있다고 하니 그때 유출이 된 것인가?

참진팔격은 단순한 전투법이 아니다. 무인이 무공의 초식을 통해 내공을 발휘하듯 권능을 쏟아낼 수 있는 플랫폼이라고 할 수 있다.

흑운의 전투법과 매영의 전투법은 상이하다.

둘 다 권능을 쏟아낼 수 있는 전투법이기는 하지만 흑운은 공간을 지배하는 것으로 매영은 상대를 직접 타격하는 것으로 전투를 벌인다.

매영의 모든 것을 이었다는 것을 알면서도 참진팔격으로 공격을 해오다니 모를 일이다.

콰―콰콰콰쾅!

공방에 권능과 에너지를 더해가고 있었기에 부딪칠 때마다 공간이 터져 나갔다.

'으음, 나를 이용해 자신의 에너지를 정제했구나.'

참진팔격을 사용한 이유를 얼마 지나지 않아 알 수 있었다. 약간 거칠게 느껴지던 김윤일의 에너지가 더욱 깊어졌기에 모를 수가 없었다.

김윤일은 나를 이용해 자신이 가진 에너지를 혼돈의 근원으로 바꾸어 놓았던 것이다.

스르르르……

변화가 일어났다. 정제가 끝난 것인지 김윤일의 모습이 사라지고 일렁이는 검은 불꽃이 보였다. 암흑으로 둘러싸인 존재의 의지와 격만이 남은 것이다.

'선택이 틀리지 않았군. 하지만 저기에 휩쓸리면 아무리 나라하더라도 타격을 입는다. 여기서 내가 가진 모든 것을 개방해야 하는 건가?'

무려 카오스의 근원이 되는 에너지다.

혼돈 자체라고 할 수 있는 상태다. 저기에 대적할 수 있는 것은 아주 순순한 에테르의 근원뿐이다.

'하지만 나는 순수한 에테르를 갖지 못했으니 지금으로서는 그것밖에는 쓸 수가 없겠군.'

김형식의 존재감을 삼켜버린 바다와 같은 근원의 에너지를 이제 온전히 끌어낼 때다. 세상이 완전히 바뀐 후 기반이 되는 에너지로 쓸려고 했는데 이제는 어쩔 수가 없다.

가두어 놓은 의지를 풀었다.

융합한 에너지를 쓸까 고민을 했었지만 혼돈의 근원에 휩쓸려 버릴까봐 내린 결정이다.

쏴—아아아!

김형식으로 인해 바다처럼 확장된 근원의 에너지가 모든 것을 휩쓸기 시작했다. 신체는 점점 사라지고 근원의 에너지와 하나가 되었다.

'성공했다.'

갈라진 신들의 전장 안에는 지금 녹색의 구체로 변한 나와 검은 불꽃으로 변한 김윤일이 맞서고 있다.

의지로 가득 찬 에너지의 집합체들의 대결이 된 것이다.

지금까지 가지고 있던 의지와 격을 넘어서는 존재로 남자 김유일로부터 의념이 들려온다.

― 외계나 이 세상에는 없는 에너지로군. 그것도 창조주의 작품인가?

― 그런 것은 아닌 것 같더군. 창조주의 의지는 물론이고, 모든 것이 이것에 녹아들었으니 말이야.

― 창조주까지 집어삼킬 정도라면 그것은 보다 거대한 곳의 근원인 건가?

새로운 존재가 된 것 때문인지 뭔가를 느낀 것 같다.

― 어쩌면 그럴지도. 신들이 만들어가는 세상을 창조주가 굽어보는 것처럼 창조주 또한 보다 거대한 곳의 존재가 굽어보는 곳일 수도 있으니 말이야.

― 그랬던 건가?

거대한 근원의 에너지와 의지가 하나가 된 순간부터 막연히 느끼던 것을 확실히 알게 되었다.

자신도 느낀 것인지 의지만 남은 김윤일의 화신도 수긍을 한다. 우리가 보다 거대한 존재가 어딘가에 존재하고 있음을 느낀 모양이다.

― 너도 느끼고 있겠지만 나는 명과 암을 동시에 간직한 존재다. 외계가 지구가 속한 대차원을 침범하지 못하도록 조율하는 사명을 맡고 있었다. 하지만 소임이 다했다고 해서 이대로 끝내

고 싶지는 않다.

— 알고 있다. 하지만 이제 소임이 다한 것 같은데 그만 끝내는 것이 좋을 것 같다.

— 이대로 말인가?

— 너도 그렇고, 나 또한 새로운 세상을 만들기 위한 창조주의 안배일 뿐이다.

— 거대한 세상으로 나아가기 위해서는 희생이 불가피한 일이라고는 하지만 한낱 인간들을 위해서 우리가 왜 희생해야 하는 것이지? 우리가 가진 권능과 힘이라면 거대한 세상으로 나가는데 큰 도움이 될 텐데 말이야.

새로운 세상을 만드는 기반이 되어야 하는 것이 자신의 운명을 알고 있는 것이 분명하다. 거대한 흐름에 이제 순응해야 하는 데도 미련이 남은 모양이다.

자신을 희생해 새로 만들어진 세상으로 퍼져나가 안정을 시켜야 하는 것이 창조주가 다음에 할 일이다. 그런 상황이 마음에 들지는 않을 것이다. 이제 자신의 뜻대로 모든 것을 할 수 있는데 말이다.

저럼 망설임이 외계의 일그러진 차원을 만들어냈다. 스스로 원하지 않는다면 강제로라도 할 수밖에 없을 것 같다.

— 혼돈의 근원이 되었다고 자신하는 건가? 그렇지만 그것은 너만의 생각일 뿐이다. 혼돈과 순리를 넘어 선 미지의 그곳엔 우리가 가진 것이 아무것도 아닐 수 있으니 말이야.

— *크크크, 궤변이로군. 이렇게 막대한 권능과 에너지가 아무 것도 아니라고? 내 너를 흡수하고 볼 것이다. 네가 말한 것이 맞는지 말이야.*

화르르르르!

콰—르르르르릉!

예상을 한 일이지만 혼돈이 뒤틀리기 시작했다. 세상의 모든 부정적인 에너지가 검은 불꽃에서 흘러나오기 시작했다.

일렁이던 검은 불꽃이 신들의 전장을 집어삼켰다.

내 안으로 침투해 자신의 것으로 바꾸려던 김형식의 의지와는 다른 방식으로 공격이 시작되었다.

김윤일의 화신은 나를 혼돈의 근원으로 집어삼켜 파괴해 버릴 생각이다.

'아직도 미련을 버리지 못하다니 우스운 일이군. 자신의 금제를 푼 것이 나임을 잊어먹고 말이야.'

루서피의 권능에 걸려 있던 제약을 풀어준 것이 나다. 혼돈의 근원으로 갈 수 있는 단초를 제공한 것도 나다.

무엇보다 카오스의 근원을 흡수해 새로운 세상의 기반이 될 에너지를 융합된 것도 나인데 집어삼키려 하다니 웃긴 일이다.

그런 융합 에너지조차 내 근원의 에너지에는 아무것도 아닌 데 말이다.

루시퍼의 결정을 말릴 생각은 없다. 새로운 세상을 창조할 권능과 에너지를 손에 쥐었으니 이런 상황이라면 뭔가를 해보고 싶을 테니 말이다.

그리고 내가 원하는 것이기도 하고.

'이제 시작이 되는 건가?'

파지지지직!

내가 화신한 에너지 구체에서 번개가 인다. 녹색의 구체에서 핏빛의 에너지가 숫구치며 나타나는 현상이다.

창조의 씨앗이 뭉쳐진 혈정이 흘러나오고 있다. 대차원의 창조주가 보다 큰 세상으로 나아가기 위해 희생한 결과물이다.

암흑 속으로 퍼져 나간 창조의 씨앗들은 혼돈의 근원을 빠르게 정리하며 뭔가를 만들어내기 시작했다.

― 뭐, 뭐냐?

― 너는 소멸되어 사라질 테지만 네가 가진 것으로 새로운 세상이 만들어질 것이다.

창조의 씨앗은 새로운 세상을 만들기 위한 설계도나 마찬가지다. 아주 오래전부터 준비된 창조주의 진짜 안배로서 준비된 것이다.

혼돈의 근원이 정리되며 거대한 우주가 탄생하고 있었다. 항성이 만들어지고 뒤를 이어 행성들이 생겨났다.

생명이 탄생하고, 의지를 가진 생명체들에게 창조의 씨앗이 깃들기 시작했다.

― 창조주란 이런 것인가?

― 맞다. 모든 것은 혼돈에서 시작되고 순리로 마무리되는

것이었다. 대차원을 만든 창조주는 세상을 만드느라 여력이 없어 다음 세상으로 나갈 준비를 할 수가 없었다. 그래서 준비된 것이 바로 나란 존재다. 너 또한 마찬가지고. 우리가 가진 의지와 에너지는 이제 만들어진 세상에 깃들 것이다. 그리고 새로운 세상에서 성장할 존재들을 보호하게 되겠지.

— 으음, 그랬군.

— 너로 인해서 새로운 세상이 만들어졌다. 이래도 미련을 가질 텐가?

— 그럴 필요가 없을 것 같군. 이렇게 세상에 흩어지지만 언젠가는 다시 돌아올 것 같으니 말이야.

— 그럴 것이다. 이제 너는 이 세상의 창조주니. 이제부터 너는 네가 만든 세상 끝까지 갈 것이다. 세상의 모든 것을 인식하게 될 것이고, 세상이 성장하면 다시 돌아올 것이다. 내게 깃든 창조주의 의지처럼 말이다.

김윤일이 화신한 루시퍼의 의지는 이제 창조주가 되었다. 모자란 부분이 있었지만 내가 가진 창조주의 의지로 부족한 것을 채웠다.

지구가 속한 대차원과 외계의 대차원도 이렇게 만들어졌다.

여러 개의 대차원을 융합해 새로운 대차원과 창조주를 창조한 것이다.

보다 넓은 세상에서 굽어보는 존재가 있을 것이라는 것도 이 때문이다. 루시퍼의 의지가 되돌아 올 때쯤이면 지구가 속한 대차원은 더욱 성장해 있을 테니까.

빛보다 수억 배 빠른 속도로 루시퍼의 의지가 새로운 세상으로 퍼져 나간다. 존재감이 희미해지며 의지의 조작이 느껴지지 않게 되었을 때 공간을 빠져 나왔다.

'원하는 세상이 되기를…….'

신들의 전장에서 분리해낸 공간에서 새로운 대차원이 탄생했다. 바라던 결과이기는 하지만 이대로 둘 수는 없다.

루시퍼의 의지가 만들어낸 대차원보다 상위의 차원이기에 보호하는 차원에서 모든 정보를 단절시켰다.

스스스슷

내 의지의 한 부분이 떨어져 나가며 공간 자체가 사라졌다. 그와 함께 의식에 있는 루시퍼에 관한 정보가 사라지고, 통합된 인과율에 새겨져 있는 루시퍼에 관한 정보도 사라졌다.

이제 루시퍼한 새로운 창조주에 대한 정보를 가지고 있는 것은 나뿐이다.

'나뿐이라고는 하지만 지구가 속한 차원을 창조하는데 도움을 준 존재는 알고 있을 지도 모르겠군.'

나처럼 대차원을 창조하는데 도움을 준 존재는 알고 있을지 모르지만 상관은 없다. 더 큰 세상으로 나갈 수 있게 되어 언젠가는 만날 수 있을 테니.

'이제 연미를 만나 봐야겠군. 칸 텡그리가 가진 모든 권능과 에너지를 흡수했을 것이다.'

연미와 칸 텡그리가 맞선 공간을 찢고 안으로 들어갔다. 예상대로 연미가 놀란 눈빛으로 나를 기다리고 있었다.

"한참을 싸우고 있었는데 칸 텡그리가 갑자기 저에게 흡수되었어요. 어떻게 된 일이에요?"

"후후후, 칸 텡그리라는 존재는 이 세상에 없어. 내가 만들어 낸 존재이니 말이야."

"하지만……."

확실한 존재감을 가지고 있었기에 내 말이 믿어지지 않는 모양이다.

"연미야, 이리 와봐."

내 앞으로 다가온 연미의 이마에 손을 얹고 알고 있는 정보들을 건넸다.

"아!!"

"맞아. 칸 텡그리는 고대 엘프보다 앞서 세상에 나났던 존재야. 자신의 사명이 이제 끝났다는 것을 알고 당신에게 귀속이 된 거야. 어찌 되었든 그 또한 창조주의 분신이니까 말이야.

"그렇게 된 거군요."

칸 텡그리는 창조주의 또 다른 분신이다.

고대 엘프들에게 권능을 전한 존재이며, 모든 신화의 주신들이 가진 권능을 최초로 가지고 있던 존재이기도 하다.

세상을 가꿀 자들에게 권능을 어떻게 사용하는 지, 창조의 씨

앗을 어떻게 싹틔우는지 전하는 것이 창조주가 칸 텡그리에게
내린 임무였다.

창조주의 의지가 대차원에 흩어져 거의 잔상이나 다름없는
존재가 되고난 후 칸 텡그리는 자신에게 내려진 사명을 충실하
게 수행했다.

그렇게 자신에게 내려진 사명을 끝내고 난 뒤에 창조주처럼
세상에 녹아들어 가 소멸되는 것이 칸 텡그리의 운명이었지만
수행하는 도중에 예기치 못한 일이 일어났다.

권능을 가지게 된 고대 엘프들, 즉 제우스를 비롯해 주신 급
의 권능을 가진 존재들이 힘을 합쳐 칸 텡그리를 배신하고 소멸
시켜 버린 것이다.

고대 엘프들은 칸 텡그리가 모든 힘을 잃고 세상에 사라졌다
고 생각했겠지만 완전히 소멸한 것은 아니었다.

고대 엘프의 배신은 칸 텡그리가 창조의 씨앗에 대해 알려 주
기 전에 벌어진 일이었다.

창조주가 자신에게 내린 사명을 완수하려는 텡그리의 의념은
육체와 에너지가 사라졌음에도 끝내 소멸하지 않고 세상에 남
아 있었던 것이다.

그러한 의념이 남아 있었기에 나는 칸 텡그리를 부활시킬 수
있었다.

창조주의 의지를 이어받은 터라 칸 텡그리를 부활시키는 것
은 아주 쉬웠다.

창조주의 의지를 전하며 의념을 다시 세우고, 내가 융합한 에너지를 부여해 정신체를 이룰 수 있게 했다. 권능을 고대 엘프들에게 전하기 전의 상태로 환원시킨 것이다.

칸 텡그리를 부활시켜 신들의 전장에 참여시킨 것은 새로운 대차원을 만들기 위해서다.

그리고 루시퍼를 대차원의 창조주로 만들기 위해서 이기도 하다.

혈정에 담긴 창조의 씨앗들을 싹틔우려면 칸 텡그리의 의지가 필요했던 것이다.

창조의 씨앗이 싹트고 새로운 대차원이 만들어지자 창조주가 내렸던 사명을 완수한 칸 텡그리다.

세상에 녹아들어 소멸되는 것이 맞겠지만 내가 부여한 것들이 남아 있는 상태라 내 의지에 따라 창조주의 분신이라고 할 수 있는 연미에게 흡수된 것이다.

"여보, 신들의 전장에 우리 둘만 남았는데 이제 어떻게 되는 거예요?"

"이제 신들의 전장은 사라지고 의미가 없어졌어. 당신과 나는 하나인 존재이니까 말이야."

"그럼, 우리가 최후의 승자인 거예요?"

연미가 걱정스러운 듯 묻는다.

"애초부터 신들의 전장은 승자가 나올 수 없는 곳이야. 성장한 존재들의 에너지와 권능을 통해 새로운 세상을 만드는 곳이니까."

　신들의 전장이라는 곳은 연미에게 설명한 것처럼 그런 것이
다. 새로운 창조주와 대차원을 창조하기 위한 희생의 장소인 것
이다.

　내가 속한 대차원은 한꺼번에 넷이나 되는 창조주가 탄생하
여 문제가 발생을 했지만 지금은 그렇지 않을 것이다.

　"신들의 전장이 새로운 세상을 만드는 곳이라는 건가요?"

　"그래, 맞아. 방금 전에 새로운 창조주와 대차원이 만들어졌
어. 루시퍼라는 존재가 진화해 창조주가 되었고 말이야. 그리고
그것만이 아니야."

　"뭔가 다른 것이 있나요?"

　"신들의 전장에 선 자들의 의지와 권능이 흡수되어 만들어진
새로운 대차원은 이전의 우리가 속한 차원과 같아. 막 태어난
아기와 같지. 그에 반해 우리가 속한 차원은 새롭게 진화를 했
어. 세상과 세상, 그리고 대차원과 대차원 간의 경계가 완전히
없어지고 더 넓은 세상으로 나아가게 됐지."

　"다른 창조주들이 만든 대차원과의 경계가 무너지고 교류하
게 됐다는 건가요?"

　"맞아. 쉽게 설명하자면 그렇지."

　명확하게 핵심을 짚었다. 이제부터 지구가 속한 세상은 다른
창조주가 만든 대차원들과 경쟁하게 된다, 보다 높은 차원으로
상장하기 위해 말이다.

"그럼, 우리는 이제 뭐죠?"

"당신과 나는 이제 방관자로 남아. 당신은 세상을 잉태하고, 나는 조율하는 존재였지만 이제 그 무거운 짐을 벗어던지게 됐다는 뜻이야. 창조의 씨앗이 발아한 이상 우리가 간섭할 수 있는 존재들이 아니게 됐으니까."

"우리가 속한 세상의 존재들이 이제 스스로 존재하게 됐다는 건가요?"

"그래. 이제 자신만의 의지로 스스로 존재하기 위해 노력해야 하지. 루시퍼처럼 누군가에 의해 창조주가 되는 것이 아니라 스스로 창조주가 될 수 있도록 말이야."

"정말 새로운 세상이 됐네요."

연미가 이제야 모든 것을 인식한 것 같다. 새로운 세상이라는 것이 어떤 것이라는 것을 말이다.

하나가 되었다고는 하지만 완전한 하나는 아니다. 창조의 씨앗이 보통 사람들에게만 있는 것이 아니니 말이다.

창조의 씨앗이 싹 텄으니 이제 연미 또한 스스로 존재하기 위해 나아가야 한다. 자신만의 의지와 신념으로 말이다.

"새로운 세상이 만들어진 것 같은데 무척 궁금하네요."

"이제 밖으로 나가면 볼 수 있을 거야. 새롭게 만들어진 세상을."

"그래요. 어서 나가봐요. 우리 아이의 이름도 지어야 하니까요."

"그래야지."

신들의 전장을 만든 결계를 해제했다.

결계를 유지하는 에너지가 세상으로 흘러드는 것을 느끼는 순간 샴발라가 눈에 보였다.

현대와 고대가 어우러진 각종 건축물이 펼쳐져 있었지만 인 기척이라고는 하나도 없었다.

'굳이 없애 버릴 필요는 없을 것이다.'

샴발라에 남아 있는 고대 엘프들의 흔적들을 없애 버릴 필요 는 없다.

창조의 씨앗이 싹튼 인류가 세상으로 나아가기 위한 기반이 되어 줄 터였다.

'그렇지만 아직 개방할 시기는 아니니……'

창조의 씨앗이 싹 텄다고는 하지만 고대 엘프들이 남긴 것을 이용할 수 있는 것은 아니다. 격이 성장해야 쓸 수 있는 것이 대 부분이다.

"여보, 이것들을 관리하기 위해서는 그들이 필요하겠죠?"

격을 갖추지 못해 신들의 전장에 초대받지 못한 능력자들을 이용해 샴발라를 관리할 생각이었다. 샴발라를 눈에 담으며 고 민하는 사이 연미도 내 생각을 알아차린 모양이다.

"그래야겠지. 속죄의 의미로 그들에게 맡기면 될 것 같아. 이 곳에 남은 것들도 시기에 맞춰 세상에 전해야 하고 말이야."

"하지만 쉽게 응하지 않을 텐데 어쩌죠?"

"그들에게 있던 창조의 씨앗이 싹트지 못하고 소멸했기 때문에 세상에 해를 끼칠 수는 없을 거야. 더 이상 어떻게 할 수 있는 상황도 아니고. 그러니 그들도 관리자로 남는 것을 선택해야할 거야, 그렇지 않으면 전부 소멸시킬 생각이니까."

기존의 능력자들은 창조의 씨앗이 소멸된 존재다. 지금 새롭게 바뀐 세상에서는 하위 차원의 존재나 마찬가지다. 하위 차원의 존재가 상위 차원의 존재를 어떻게 할 수는 없다. 능력을 사용할 수 있다고 해도 에너지 기반이 완전히 바뀐 세상이라 창조의 씨앗이 싹튼 사람들에게 조그만 상처도 낼 수 없는 존재인 것이다.

그들은 이전 세상에서 모든 것을 가지고 있는 이들이었지만 이제는 아무것도 가진 것이 없는 존재가 됐다. 그들이 소유했던 권력과 재력은 새로운 세상에서 아무 소용이 없으니 말이다.

할 수 있는 일이라고는 아무것도 없는 의미 없는 존재들이 되었지만 기회는 주고 싶다.

샴발라를 관리하며 새로운 세상을 주도해 나갈 이들에게 봉사하다 보면 창조의 씨앗을 다시 얻게 될지도 모르니 말이다.

"알아서 하세요. 기회를 주는 것은 좋지만 그들이 고대 엘프들이 될 수도 있으니 조심하고요."

"알았어. 이만 밖으로 나가자고. 다들 기다리고 있을 테니까 말이야."

"그래요."

결계를 더욱 완벽하게 만든 후 샴발라를 나왔다.

에테르와 카오스라고는 단 한 점도 찾아볼 수 없는 새로운 세상이 우리를 반겼다.

새로운 세상은 모든 것을 담은 에너지가 가득 차 있었다.

제9장

세상이 변하기 시작한 후 세상 사람들은 이면 세계라는 것이
있다는 것을 알았다.

이면 세계에는 무시무시한 능력자들이 있고, 그들이 지금까
지 세상을 조종해 왔다는 것도 알았다.

그렇지만 두려워하지 않았다.

쇠를 녹이는 불을 내뿜고, 탱크도 한주먹에 부숴 버리는 능력
자들이 자신들에게 해를 끼칠 수 없다는 것을 알았기 때문이다.

그럼에도 사람들은 평상시 생활을 그대로 따랐다. 사람들이
그렇게 할 수 있었던 것은 한반도에서 온 이들이 있었기에 가능
한 일이었다.

세상 곳곳에 나타나 모든 것을 알려준 그들을 사람들은 선지자라 불렀다. 어떤 곳에서는 메시아로 불리기도 했고, 어떤 곳에서는 선각자로 불리기도 했다.

　한반도의 남쪽에 있는 화산섬인 제주도에서 온 그들은 세상이 변한 이유와 앞으로 다시 한 번 세상이 변한다는 것을 알려주었다.

　믿지 못할 일이기는 하지만 사람들은 그것이 진실이라는 것을 본능적으로 알았다. 그들의 말에는 언령이 깃들어 있었기 때문이었다.

　사람들은 평상시의 생활을 유지하며 다시 한 번 세상이 변하는 날을 기다렸다.

　그리고 마침내.

　번—쩍!

　우르르르르릉!

　콰— 콰콰콰콰쾅!!

　구름이 낀 것도 아닌데 어둠으로 물든 하늘에 붉은 번개가 천지사방으로 내리쳤다.

　사람들은 직감적으로 선지자들이 말한 세상이 변하는 그날이 찾아 왔음을 알았다.

　번개가 내리치는 하늘을 바라보는 사람들은 그것이 누군가의 의지임을 깨달았다.

　더 넓은 세상을 향해 나아가라는 의미를 알 수 없는 의념에 사람들은 가슴이 뛰었다.

번—쩍!

콰콰콰콰쾅!

연이어 하늘에서 떨어지는 붉은 번개는 지상으로 내리 꽂혔다. 번개를 맞이하는 지상은 백이면 백 스팟이었다.

연결된 세상에서 흘러나오는 에테르와 카오스가 붉은 번개를 맞아 하나로 합쳐지며 새로운 에너지로 탈바꿈했다.

사람들은 자신의 가슴 속에 자리 잡은 뭔가가 세상에 드러남을 느꼈다. 하늘을 잠식한 번개에 드리운 의지가 무엇인지 정확히 깨달았다. 이 세상뿐만 아니라 자신마저도 완전히 변했다는 알았다.

시간이 지날수록 전해지는 의미는 강렬해졌고, 사람들은 확신을 가질 수 있었다. 세상과의 경계가 허물어지고, 그 너머에 펼쳐진 보다 넓은 세상으로 나아가야 함을 깨달았다.

꼬박 하루 동안 사람들은 번개가 지상으로 떨어지는 모습을 바라보며 자신의 존재의 의미를 찾아가는 동안, 그렇지 못한 자들이 있었다.

세상이 변했지만 그렇지 못한 자들은 대부분 이면 세계를 활보했던 능력자들이었다.

능력과 권력, 그리고 재력을 통해 세상을 주무르던 그들은 이제 자신들의 시대가 끝났음을 깨달았다.

골든 게이트 또한 마찬가지였다.

자신들에게 드리워졌던 고대 엘프의 영격이 신들의 전장으로 떠나고 난 후 무기력감에 빠져 비밀 기지에 칩거했던 골든 게이트들의 수뇌부도 세상이 변했다는 것을 절실히 느끼고 있었다.

"세상이 변했다는 것을 굳이 확인하지 않아도 알 수 있을 겁니다. 능력을 사용하기 위한 에너지 체계가 변해 버렸으니 말입니다."

위원회를 이끄는 수장이었지만 실질적인 권력은 거의 없었던 케인 더글라스는 침중한 어조로 말했다.

"우리도 이제 일반인이 된 건가?"

"그렇지는 않습니다. 조사한 바로는 능력을 가지고 있기는 하지만 더 이상 쓸모가 없을 뿐이라고 합니다."

천조국이라 불리는 미국의 국방부 장관인 도널드 마시의 질문에 케인은 자신이 확인한 사항을 말했다.

"그러니까 세상이 변했고, 우리가 가진 능력은 아예 쓸 수가 없다는 것인가?"

"그렇다고 봐야 합니다. 억지로 발현은 할 수 있겠지만 자신이 담고 있는 에너지만 사용할 수 있을 뿐이라고 합니다."

"내가 품고 있는 에테르만 사용할 수 있다는 말이로군. 그것도 일반인에게는 전혀 소용이 없고 말이야."

"그렇습니다. 여전히 일반인에게는 어떤 위해도 끼칠 수가 없다고 합니다."

"미치겠군."

케인의 대답에 맥클레인이 고개를 저으며 말했다.

자신들의 주인이라고 할 수 있는 존재들이 세상을 거머쥐기 위해 떠났을 때 그렇게 될 것이라고 확신했지만 실패했다는 것을 깨달았기 때문이었다.

"헬렌, 다른 곳은 어떻소?"

머리를 양손을 움켜쥐며 괴로워하는 맥클레인을 보며 도널드가 물었다.

"전부 파악한 것은 아니지만 대부분의 거대 조직은 우리와 마찬가지인 상황으로 파악이 됐어요. 그리고 나머지 십자동맹의 일원들도 전부 같은 상태에요."

"누가 승자인지 아무도 모른다는 말이로군."

"그래요. 신화의 존재들이 모두 모였을 테니 누가 승자인지 파악하는 데 한계가 있어요."

십자동맹이 지구상에 존재하는 모든 이면 조직을 아우르는 것이 아니었기에 도널드가 고개를 끄덕였다.

"그곳에서 벌어진 전투의 승자가 인과율 시스템을 장악했을 것이오. 능력을 사용할 수 있는 기반을 변화시켰다면 그것밖에는 방법이 없을 테니까. 그 존재가 앞으로 이 세상을 주관하게 될 텐데 우리는 어떻게 해야 할이지 의논을 할 필요가 있을 것 같소."

"그럴 거예요. 그리고 우리가 가진 능력을 온전히 사용할 수 있는 방법도 찾아야 할 거예요."

"에테르도 아니고, 카오스도 아닌 제삼의 에너지인 것 같은 데 가능할지 모르겠군."

헬렌의 말에 도널드가 고개를 저었다. 지금 자신들이 사용할 수 있는 능력은 세계에 드리워진 새로운 에너지를 기반으로 하지 않기 때문이었다.

새로운 에너지 기반에 적응을 할 수 있다는 보장이 없었기에 좌중은 침묵에 빠져 들었다.

"제 생각입니다만……."

정적을 깨려는 듯 케인이 입을 열었다.

"무슨 생각이지?"

"사람들에게 새로운 세상이 왔음을 알린 후에 스팟과 게이트로 찾아가 세상의 변화에 관여한 자들과 협상을 하면 어떨까 합니다."

"그 선지자라는 자들 말인가?"

"그렇습니다. 아마도 그들을 거느리고 있는 존재가 그곳에서 승리한 것 같으니 협상을 하는 것이 좋을 것 같습니다."

도널드는 케인의 말에 일리가 있다고 생각했다. 세상이 변하는 것을 예측하고 사람들을 인도했다면 신들의 전장에서 승리한 존재와 관련이 있을 것 같았다.

"그자들과 접촉을 할 수 있나?"

"선지자라는 여자가 머물고 있는 옐로스톤 공원 쪽으로 사람들을 보냈으니 조만간 연락이 올 겁니다."

"일단 그녀를 만나보고 결정을 내려야겠군. 다들 연락이 올 때까지 쉬는 것이 좋겠소."

도널드가 결론을 내리자 좌중에 앉아 있는 사람들이 힘없이 자리에서 일어났다.

지금까지 세상을 주도하던 존재들이었지만 아무 것도 할 수 없다는 무기력감이 그들을 감싸고 있었다.

— 모두 자리에 앉아라.

자리에서 일어나려는 이들의 머릿속으로 거대한 존재감을 풍기는 의념이 들려왔다. 그것은 인과율 시스템을 관장하는 젠의 의념이었다.

"으음."

"음."

케인을 비롯한 다섯 사람은 신들의 전장에서 승리한 존재임을 알고 심음을 흘렸다.

— 너희들은 이제 세상에 적응할 수 없는 존재가 되었다. 새로운 세상을 주관하는 인과율에 따라 너희들을 소환하려고 한다. 동의하는가?

"소환하려고 하다니 무슨 말이죠?"

헬렌이 앙칼진 목소리로 물었다.

— 너희들에게 선택할 권한은 없다. 소멸하거나 소환당하거나 둘 중에 하나만 선택하라.

다섯 사람은 젠의 의념이 거짓이 아니라는 것을 깨달았다. 소멸하거나 소환이라는 것을 당하거나 선택을 해야 했다.

그동안 고대 엘프들의 격을 받아들여 세상을 제멋대로 주무른 존재들이었다. 고대 엘프들의 영격이 자신들을 떠났다고는 하지만 기회가 있다고 믿었다.

그 옛날 창조주가 떠난 후 고대 엘프들이 세상을 자신의 뜻대로 지배할 수 있었던 것처럼 자신들도 할 수 있을 것이라고 생각했다.

― 후후후, 재미있는 놈들이군. 그런 앙큼한 생각을 하다니 말이야. 하지만 그런 것이 얼마나 부질없는 생각이었는지는 곧 알게 될 것이다. 자! 선택해라. 소멸할 것이냐 소환당할 것이냐?

"난, 소환에 응하겠어요."

"나도 응하겠소."

"나도 그렇소."

"마찬지요."

"소멸을 당할 수는 없지."

헬렌을 시작으로 모두가 소환에 응하기로 했다.

― 인과율에 따라 너희들을 소환하겠다. 너희는 더 넓은 세상으로 나갈 이들을 위한 존재가 될 것이며, 인과율에 순응해 사명을 마치는 그때, 능력을 되찾을 것이다.

파파파파팟!

거대한 존재감을 풍기는 젠의 의념이 끝나자 좌중에 앉아 있던 다섯 사람이 사라졌다. 차훈의 의도한 대로 샴발라로 소환이 된 것이었다.

이러한 일은 비밀 기지 곳곳에서 벌어졌다.

골든 게이트의 능력자들의 의식에 젠의 의념이 깃들었고, 수뇌부에 똑같은 제안을 한 결과 한사라도 빠짐없이 소환에 응했던 것이다.

다른 이면 조직들의 능력자들도 마찬가지였다.

창조의 씨앗이 싹트지 못한 능력자들은 하나도 남김없이 젠의 제의를 받아야 했다.

그리고 제의를 받은 자들 중 단 한 명도 소멸을 택하지 않고 소환을 택했다.

능력자 중에는 젠의 의념이 깃들지 않은 이들도 있었다. 초월적인 능력을 가지고 있기는 했지만 창조의 씨앗이 싹튼 자들이었다.

능력을 가지고 있지만 세속에 물들지 않고 수양을 통해 격을 높이려 노력했던 자들이었다.

거의 수십만에 달하는 능력자들이 샴발라로 소환이 되었다. 신들의 고향이라는 샴발라에서 그들은 인과율에 따라 앞으로 창조의 씨앗이 싹튼 이들을 돕게 될 터였다.

대부분이 훗날을 기약하며 소환에 응하기는 했지만 그렇게 될 일은 없었다.

하위차원이 생성될 때에는 창조주가 세상 끝까지 자신의 의지를 드리웠지만 지금은 그렇기 않기 때문이었다.

진화한 새로운 차원의 창조주는 가진 바 능력을 그대로 지니고 실존해 있기에 그들의 바람은 한낱 꿈으로 그칠 터였다.

샴발라를 떠난 순간 젠이 움직이기 시작했다.

예정대로 내 계획에 따라 움직이기 시작한 젠을 느끼며 곧바로 가이아의 비밀 기지로 공간 이동을 했다.

비밀 기지에는 식구들이 기다리고 있었다. 부모님과 할아버지, 그리고 양부모님과 장인, 장모까지 환하게 웃으며 우리 둘을 맞아 주셨다.

세상이 변하며 모든 것이 바뀐 후 나와 연미가 신들의 전장에서 승리했음을 알 수 있었기에 걱정 없이 기다리고 계셨다는 것을 알 수 있었다.

"엄마, 아기는?"

식구들과의 반가운 해후가 끝난 후 연미는 보이지 않는 아기를 찾았다.

"잘 자고 있다."

"자고 있어?"

"그래, 보채는 것 같더니 금방 잠이 들었다."

"아아아앙!"

장모님의 말씀이 끝나기 무섭게 방에서 울음소리가 들렸다.

연미는 곧장 방으로 뛰어갔고, 나 또한 뒤를 따랐다.

"배가 고파서 그런 것 같아요."

"그런 것 같네. 나가 있을까?"

"아니에요."

젖을 먹이려는 것 같아서 밖으로 나가 있으려고 하자 연미가
붙잡았다.

아기를 안고 있는 연미 앞으로 가서 앉았다.

연미는 앞섶을 헤치며 뽀얀 젖무덤을 드러냈고, 아기에게 젖
을 물렸다.

'부럽네.'

젖을 힘차게 쭉쭉 빨아대는 아이에게 부러움을 느끼다니 조
금은 창피하다.

"이제 이름을 지어 주어야 하지 않아요?"

젖을 먹이며 연미가 물었다.

"어떤 이름이 좋은 것 같아? 혹시 생각해 놓은 것 있어?"

"당신이 아이 아빠니까 당신이 지어줘요."

"나는 연훈이라고 지었으면 하는데 어때?"

"연훈이요?"

"응, 연미 이름에서 연자를 따오고 내 이름에서 훈자를 따와
서 연훈이라고 말이야."

"박연훈! 호호호, 좋은 이름이네요. 연훈아~!"

연미가 밝게 웃으며 연훈이의 이름을 불렀다. 자신의 이름이

정해졌다는 것을 아는지 젖을 빨면서도 눈가에 귀여운 웃음기가 맴돈다.

이 세상을 만든 창조주이기는 하지만 내 아이는 보통의 인간처럼 살아갈 것이다. 창조의 씨앗이 싹튼 사람들과는 다른 능력을 지녔지만 다른 이들과 잘 어울려 살아갈 것이다.

연훈이에게 싹튼 창조의 씨앗은 수호의 의미가 깊게 담겨져 있으니 말이다.

"배고플 텐데 뭐 먹고 싶은 거 없어?"

"당신이 직접 만들게요?"

"그래, 이제 큰일은 끝났으니 식구들에게 맛있는 것을 해주고 싶어서 말이야."

"그래요. 당신이 해준 음식이 기대가 되네요."

"둘이 먹다가 하나가 죽어도 모를 테니까. 기대해."

"호호호, 그래요."

연미의 웃음소리를 들으며 방을 나서 부엌으로 갔다.

"뭘 하려고?"

장모님이 나를 따라오시며 물으신다.

"식사 시간인 것 같아서 솜씨 한 번 발휘해 보려고요."

"남자가 부엌에 들어가는 것이 아닌데……."

"하하하, 저 때문에 다들 고생하신 것 같아서 그래요. 그러니 장모님도 편히 앉아서 기다리세요."

"아, 알았네."

쭈뼛거리며 장인어른과 식구들이 있는 거실로 향하는 장모님을 보며 부엌으로 가서 식사 준비를 했다.

회귀 전에 실험실에 있을 때, 밖으로 나가는 것을 제외하고는 내가 하고 싶은 것들 할 수 있도록 해 줬었다.

그 때 취미삼아 요리를 배웠다.

수용소에 있을 때는 호텔 주방장을 하던 아저씨에게 요리를 배웠고, 만수연구소에 있을 때도 간혹 요리를 해봤었다.

비밀 기지의 요원들이 신선한 식재료를 냉장고에 가득 채워 놨기에 식구들이 좋아할 만한 음식을 만드는 것은 일도 아니다.

오븐을 이용해 스테이크를 굽고, 각종 채소와 버섯을 이용해 스튜를 만들었다. 과일을 깎아 디저트도 만들고 바쁘게 움직여 식사 준비를 끝냈다.

준비를 끝낸 후 식구들을 불렀다. 연미도 젖을 다 먹이고 아이를 안고 식탁이 있는 부엌으로 왔다.

"자 다들 자리에 앉으세요."

"냄새가 훌륭하구나. 보기도 좋고."

할아버지가 말씀하시며 자리에 앉자 다를 자리에 앉았다.

"할아버지와 부모님께 죄송하지만 아이의 이름을 제가 지었습니다."

"죄송할 것이 뭐 있느냐. 아이의 이름을 부모가 짓는 것은 당연한 일인데. 그래 뭐라고 지은 거냐?"

"연훈이라고 지었습니다."

"어미 이름하고, 네 이름에서 따온 것이냐?"

"그렇습니다. 잘 지었다. 부르기도 좋고."

"고맙습니다. 할아버지."

"하하하, 그래. 연훈아. 내가 할아비다. 앞으로 잘 부탁한다. 하하하!"

"연훈아."

"연훈아."

할아버지가 웃으시자 다들 연훈이와 눈을 맞추며 이름을 불렀다. 연훈이도 자신을 사랑하는 분들이라는 것을 아는 것인지 까르르 웃으며 좋아한다.

"자, 다들 드시죠."

"그래, 먹자구나."

식구들이 연훈이를 바라보다 음식을 먹기 시작했다.

만들어 놓은 음식들을 먹어보고 다들 맛있다고 하니 기분이 좋았다.

그렇게 식사를 끝낸 후 거실로 가서 차를 마셨다.

"할아버지."

"왜 그러느냐?"

"지구로 돌아온다는 사람은 몇이나 되나요?"

"절반 정도는 올 것 같더구나."

"한반도 남쪽은 거의 텅 비어 있을 텐데 그 사람들만으로 적응을 할 수 있을지 모르겠네요."

"걱정하지 마라. 북쪽에도 사람들이 있고, 대부분 각성을 했을 테니 문제는 없을 것이다."

"그렇군요. 잘 부탁드려요. 할아버지."

"안정이 될 때까지 당분간만이다."

"그렇게 하세요."

게이트를 통해 넘어갔던 사람들이 돌아오게 되면 그 사람들을 이끌게 될 분이 할아버지다.

자리로 돌아가 복구가 끝난다고 해도 사람들이 예전처럼 생활하기는 힘들겠지만 이제 사람들의 격이 높아진 터라 잘 이끌기만 한다면 조만간 안정을 되찾을 것이다.

천환의 세 제자 중 하나이며, 창조주의 환생인 할아버지라면 문제없이 이끄실 테니까 말이다.

더군다나 부모님들을 비롯해 장인어른 내외분이 도와주실 것이고 말이다.

"그런데 각성은 언제 시작할 것이냐?"

"기존의 능력자들을 소환하는 일이 끝났으니 이제 이틀 정도 지나면 시작할 수 있을 거예요."

얼마 있지 않아 사람들은 각성을 하게 될 것이다. 그리고 창조의 씨앗을 어떻게 키워야 할지 알게 될 것이다.

"하하하하, 기대가 되는구나. 스스로 자신을 알 수 있는 각성이라니. 세상에서 제일 어려운 것이 스스로를 아는 것인데 말이다."

전부를 안다는 것은 창조주라도 불가능한 일이다. 할아버지는 기대를 하고 계시지만 사실 각성에는 제약이 있다. 자기 자신에 대해 극히 일부만 알 수 있을 뿐이다.

"전부 알 수는 없을 기예요. 자기 자신을 전부 안다는 것은 저조차 어려운 일이니까요. 다만 자신의 능력이나 그것을 키워나가야 하는 방향성을 알 수 있도록 꾸며 놨어요."

"우리가 아는 세상 밖의 존재들이 만만치 않지만 그것만 해도 큰 도움이 될 것이다."

"그렇기는 하겠지만 밖의 세상의 존재들은 제 의지가 미치지 않아서 걱정이 되기는 해요. 사람들이 알아서 상대를 해야 할 테니까요."

"차훈아, 너무 걱정하지 마라. 어차피 시간의 흐름에 따라 일어날 일들이니까. 그리고 창조주의 의지대로 모든 것이 이루어져 그나마 이 정도 준비를 할 수 있어 다행한 일이다."

"하긴 그렇기는 하네요. 이제 스스로 움직여야 하는 세상이니까요."

"그런데 너는 어떻게 할 생각이냐?"

할아버지는 내 행보가 궁금하신 모양이다.

하긴, 창조주의 의지를 이어 받은 존재라 내 움직임에 따라 변화가 일어날 수밖에 없으니 그럴 만도 할 것이다.

"밖의 세상과 연결이 되었지만 본격적인 교류는 아직도 한참 후일 테니 그동안은 연미랑 연훈이랑 보통 사람처럼 살아보려고 합니다."

"그래, 험난한 길을 걸어왔으니 그것도 좋겠지. 이왕이면 연훈이 동생들도 봤으면 좋겠구나."

"쩝! 할아버지도."

"이 녀석아, 아이들이 많아야 나도 그렇고 다들 심심하지 않을 것 아니냐?"

"노력해 보겠습니다."

"많이 낳아서 손주들을 안겨드릴게요."

내 대답에 연미가 한 술 더 떴다. 얼굴이 뜨거워졌지만 다들 즐겁게 웃으시며 좋아하시기에 가만히 있었다.

연미에게 내 의사를 말하지 않았지만 사실 나도 아이가 많은 것이 좋다.

"이틀 뒤라고 했으니 우리도 슬슬 움직여야 할 것 같은데 다들 어떤가?"

"그래야겠지요. 각성이 시작되기 전에 준비할 것이 많으니 말입니다."

할아버지의 말씀에 장인어른이 대답을 하셨다.

"그럼 곧바로 떠나는 것이 좋겠소. 사돈 양반."

"그러는 것이 좋겠습니다. 사돈 어르신."

자리를 비켜주려 하시는 할아버지 뜻을 알 수 있었기에 만류하지 않았다. 내일 떠나도 괜찮은데 이렇게 서둘러 떠나시려 하는 것을 보니 할아버지께서 빨리 다른 손주를 보고 싶으신 모양이다.

― 젠.

젠을 불렀다. 샴발라로 나오며 공간을 폐쇄한 상태라 스스로
공간 이동을 할 수는 없지만 젠의 도움이라면 가능하기 때문이
다.

― 곧바로 이동하실 수 있습니다.

― 잘 살펴보고 불편함이 없도록 도와드려.

― 알겠습니다, 마스터.

"할아버지 한반도로 가실 준비를 끝냈습니다."

"공간 이동이라도 하는 것이냐?"

"예, 할아버지."

"하하하하, 급했던 모양이구나."

할아버지가 크게 웃으시며 한 말씀 하신다. 정말 짓궂으신 분
이시다.

"쩝! 곧바로 가실 수 있게 해드릴 테니 준비를 하세요."

"하하하하, 차훈이가 급한 모양이니 어서 서둘러 준비들 하
도록 하세."

할아버지가 다시 한 번 웃으시며 방으로 가셨다. 식구들도 빙
그레 웃으며 다들 짐을 챙기러 방으로 갔다.

― 재미있으신 분이군요, 마스터.

― 그래.

창조주로서 모든 것을 내려놓고 순리를 따르셨던 것도 저런

유쾌한 성격이 가지고 계셨기 때문인 것 같다.

미리 준비를 해 놓으셨는지 얼마 지나지 않아 다들 짐을 챙겨서 거실로 모이셨다.

"한반도로 가시면 머무실 준비가 되어 있을 겁니다. 사람들의 각성이 끝나고 나면 먼저 지구와 연결된 세상과의 교류가 시작이 될 테니 잘 이끌어 주시기 바랍니다."

"걱정하지 마라. 선지자라 불리는 사람들도 귀환을 할 것이 아니냐."

"각성이 일어나는 순간에 다들 한반도로 갈 겁니다. 그들과 상의하셔서 진행하시면 됩니다."

사람들에게 세상이 변했음을 알리고, 변화의 힘을 스팟과 게이트로 이끌었던 사람들이 한반도로 돌아갈 것이다. 그들은 보통 사람보다 빨리 각성의 정체를 알게 될 것이고 할아버지의 뜻을 따라 사람들을 이끌게 될 것이다.

"이제 떠나야겠구나. 일이 생기면 연락을 하도록 하마."

"조만간 뵙겠습니다. 그럼."

파파파파파파팟!

식구들을 젠이 열어 놓은 공간 경로를 따라 한반도로 이동시켰다.

이제 커다란 스위트룸에는 나와 연미 그리고 연훈이만 남았다.

"아흠."

눈치 있게도 연훈이가 하품을 한다.

'그놈 참!'

식구들이 식사를 할 때는 젖을 먹고도 초롱초롱한 눈으로 바라만 보고 있더니 졸려 하는 것을 보니 기특하다.

"크음."

"연훈이가 이제 졸린 것 같으니 아이 방에 가서 재울게요. 당신은 먼저 씻고 있어요."

연미가 얼굴을 붉힌 채 한마디 한다.

"아, 알았어."

쑥스러웠기에 서둘러 우리들 방으로 갔다. 연미도 뭐가 그리 급한지 꾸벅꾸벅 조는 연훈이가 깨지 않게 조심하며 서둘러 아이 방으로 갔다.

연훈이의 냄새가 물씬 풍기는 방으로 들어선 후 곧바로 욕실로 가서 씻었다.

그렇게 씻고 나온 후 젠이 말을 걸어왔다.

— 무사히 이동을 끝냈습니다.

— 미진한 것은 없나?

— 불편함이 없으시도록 준비를 해놓았습니다.

— 잘했어, 젠

— 아닙니다, 마스터. 그럼 즐거운 시간 되십시오.

— 알았다. 이제부터는 신경 끄고.

— 알겠습니다.

젠이 의식에서 사라지기 무섭게 연미가 조심스럽게 방문을
열고 들어온다.

"씻었어요?"

"으, 응."

"씻고 나올 게요."

"그렇게 해."

연미가 뭐가 그리 급한지 얼굴이 더욱 붉어진 채 욕실로 들어
갔다.

"이런!"

의아하게 연미를 바라보다 살펴보니 알몸이다. 젠 때문에 옷
을 입는 다는 것을 까먹었다.

이제 단 둘이다.

오늘 밤은 처음으로 기분 좋게 자는 밤이 될 것 같다.

이틀간 가족들과 함께 즐거운 시간을 보내고 각성의 순간이
다가왔다. 이제 세상을 살아나간 존재들이 진정으로 깨어나는
시간이다.

— 젠, 준비는.

— 지성체와 인과율 시스템과의 동기화 준비는 끝났습니다.

— 연결된 세상과의 통로는 어떻게 됐지?

— 통로도 완전히 개방이 되었습니다.

— 그럼 시작해.

— 예, 마스터.

지금부터 지구를 비롯해 연결된 세상의 모든 지성체는 잠이 들 것이다. 각성을 하기 위한 잠이다.

지성체들을 꿈속에서 인과율 시스템과 연결되어 자신을 알아갈 것이다. 싹이 튼 창조의 능력이 어떤 특성으로 진화할지는 나도 모른다. 인과율 시스템의 도움을 받아 자신의 의지에 따라 개화할 것이니 말이다.

세상이 고요하다. 모두가 잠이 들어 인과율 시스템과 접속했는지 어떤 의지도 느껴지지 않는다.

지성체와 인과율 시스템의 연결에는 나를 비롯해 그 누구도 간섭할 수 없다. 자칫 다른 의지가 작용해 개화가 엉뚱한 방향으로 될 수 있기에 원천적으로 차단한 덕분이다.

이제 지성체들은 자신이 존재하는 의미를 알아갈 것이다. 자신에게 보이는 능력의 내용과 성장 방향을 따라서 묵묵히 가다 보면 말이다.

그 길을 끝까지 걷는 이도 있을 것이고, 중도에 포기하는 이도 나올 것이다. 자신의 길을 끝까지 걸어 새로운 대차원을 창조하는 창조주가 될 수도 있겠지만 그렇지 못한다고 해서 나쁠 것도 없다. 어느 쪽이 되었든 세상에 녹아들어 풍요롭게 할 테니.

— 변화의 시간을 삭제할 시간입니다.

— 틀이 어긋났던 순간으로 돌아가야 할 시간이로군.

— 그렇습니다, 마스터.

— 사람들이 인연을 다시 이을 수 있을까?

— 지금까지 일어난 모든 것들은 마스터께서 스스로 선택하신 겁니다.

— 그렇기는 하지만 조금은 아쉽군.

— 인연이라는 질긴 끈은 인과율 시스템도 끊을 수 없는 것이니 너무 걱정하지 마십시오.

— 그래, 인연이라는 끈은 인과율 시스템을 이루는 기반이라서 창조주라도 절대 끊을 수 없으니 거기에 기대 보도록 하지.

창조주의 의지를 이어받아 지구와 연결된 세상의 틀을 바로잡고 상위의 차원으로 진화했다.

그리고 지성체들의 창조의 틀을 갖추도록 진화가 시작이 되었지만 아직 끝난 것이 아니다. 마지막으로 해야 할 것이 남아 있다.

— 그럼 시작하겠습니다, 마스터.

— 시작해, 젠.

— 시간 회귀에 따른 차원 흐름의 반발을 제거했습니다. 지금부터 시간의 흐름을 조정합니다.

— 문제는?

— 지금까지는 없습니다. 차원 통로가 열렸기에 스팟과 게이

트를 닫습니다. 차원력 중 지구시간으로 1981. 12. 31일 00:00시로 세팅합니다.

— 변화의 흐름은 어때?

— 인과율 시스템도 정상적으로 작동하고 있고, 에너지의 흐름도 안정적입니다.

— 준비가 모두 끝났군. 좋아, 시작해.

— 창조주의 의지와 마스터의 의지를 통해 대차원에 대한 패치에 대한 카운트다운을 시작합니다. 10! 9! 8! 7! 6! 5! 4! 3! 2! 1! 0! 차원 안정화가 시작됩니다. 그동안 수고하셨습니다, 마스터.

— 그래, 수고했어. 젠. 아니, 창조주하고 해야 하나.

— 알고 있었군요.

— 그래, 이번에는 제대로 잘 하기를 바랄게.

— 이제 모든 것이 완벽해졌으니 걱정하지 않으셔도 됩니다, 마스터. 그럼!

암전이 찾아왔다.

내게로 이어진 창조주의 의지가 세상으로 흩어져 지성체에게로 흘러드는 것이 느껴진다. 뒤를 이어 내 의지는 인과율 시스템에 흘러들었다.

창조주의 의지대로 모든 것이 된 것이다.

젠가이드라 불리는 내가 창조주의 본신이라는 것을 안 것은 얼마 전이다. 외계와의 통로가 완전히 연결이 되고 난 후 신들의 전장이 열기 위해 마스터를 도우면서다.

내가 남긴 최후의 안배대로 창조주의 아바타였던 마스터는 모든 것을 해냈다.

유일한 존재만이 가능한 시간의 흐름을 역행하는 것에 성공했고, 외계의 카오스 에너지를 자신의 것으로 만들어 에테르와 융합시켰다.

그렇게 이 세상을 진화시킬 에너지를 만들었고, 내가 창조주였던 시절에 남긴 분신들과 외계의 존재들이 가진 권능도 모두 흡수해 세상을 진화시켰다.

세상을 진화시키기 위해서였기는 하지만 사실 마스터를 잃고 싶지는 않았다. 그동안 너무 잘 해왔으니까 말이다. 보상을 주어도 시원치 않지만 그럴 수가 없다.

마스터는 시간의 축을 넘어 회귀를 한 존재다. 적극적으로 사용하지는 않지만 시간의 흐름을 조절할 수 있는 권능을 가지고 있는 마스터다. 권능을 사용하게 되면 시간의 축을 비틀어버릴 수도 있다.

시간의 축을 비틀 수 있는 존재는 진화한 차원을 무너트릴 수도 있다. 세상을 위해 모든 것을 바치고, 조율하는 존재가 되었지만 소멸을 시킬 수도 있기에 진화한 차원에 남아 있는 유일한 위험이기도 하다.

그러니 어쩔 수가 없다. 예정된 대로 진행을 하는 수밖에는 내가 할 수 있는 것이 없다.

내가 대차원을 창조하면서 세상 끝까지 내 존재의 의지를 뿌린 것처럼 마스터의 의지도 나와 세상을 연결하는 인터페이스인 인과율 시스템을 통해 세상에 뿌려질 것이다.

그렇지만 마스터가 이어온 인연은 될 수 있으면 이어줄 생각이다. 한 가닥 남아 있는 마스터의 의지를 부활시켜 새로운 존재로서 말이다.

이것은 또 다른 안배이기도 하다.

진화한 차원이라고 해서 위험한 상황이 발생하지 말라는 법이 없으니 말이다.

차원 진화를 통해 유일한 존재로부터 갈라져 나온 이들이 만든 다른 차원과의 교류가 시작된 이상 전보다 위험이 증가했다고 할 수 있다.

이 차원에 존재하는 지성체들이 스스로 성장해야 하지만 소멸의 위기를 맞이할 경우 마스터가 이어나갈 인연은 반전의 기회가 될 수 있을 것이다.

이제 나도 본래의 모습으로 돌아갈 시간이다.

유일한 하나의 존재에서 갈라져 나와 억겁의 시간을 보내며 계획한 일들이 이제 끝나가니 말이다.

— 브리턴 행 차원 열차가 1분 후 도착 예정입니다. 승강장에 나와 있는 여행객들께서는 뒤로 물러나 주시기 바랍니다.

브리턴에서 출발한 차원 열차의 도착 소식이 방송으로 안내되자 승강장에 있는 사람들이 일제히 뒤로 물러섰다.

차원 간 경계를 허물고 통로가 열리는 탓에 일어날 수 있는 에너지 충돌 반응을 염려한 때문이었다.

브리턴으로 갈 수 있는 차원 열차는 지구에서 출발하는 것이 아니다. 브리턴의 센트 싸인에서 차원 통로를 열고 지구로 와서 승객들을 싣고 다시 브리턴으로 향하는 것이다. 브리턴 차원의 회귀력을 이용한 운송 방법이었다.

브리턴에서도 마찬가지로 지구에서 출발한 열차가 차원 통로를 열고 센트 싸인으로 간 후 지구로 여행할 여행객들을 싣고 차원 회귀력을 이용해 귀환하는 방식이 사용된다.

차원 회귀력을 이용한 열차 여행은 차원 간을 이동하는 대표적인 운송 수단이었다.

도착한 열차가 완전히 정지한 후 누군가 급하게 열차에서 내렸다.

열차에서 내리는 사나이를 바라보며 사람들이 웅성거렸다. 브리턴 행 열차로 지구로 귀환하는 경우는 극히 드물었기 때문이었다.

"젠장!"

사람들이 자신을 경이로운 눈빛으로 자신을 바라보는 것도 아랑곳하지 않고 승강장을 나선 사나이는 뛰기 시작했다. 임무를 끝내고 전해 받은 급한 호출 때문이었다.

사나이가 승강장에서 사라지기는 했지만 브리턴으로 가려는 사람들의 웅성거림은 멈추지 않았다. 사나이가 가진 직업이 무언인지 어느 정도는 짐작할 수 있었기 때문이다.

회귀력을 이용해 다시 돌아갈 때는 압력이 사라지지만 한 차원에서 출발해 다른 차원으로 가기 위해 통로를 열면 엄청난 차원 압력이 생긴다. 탱크를 바짝 쭈그러진 캔으로 만들 정도의 아주 강한 압력이기에 이런 식의 귀환은 특별한 사람들만이 가능하다.

차원 전사들이라 불리는 능력자들 중에서도 최소 일급 전사만이 이런 차원 압력을 견딜 수 있기에 사람들이 놀라고 있었던 것이다.

특하나 사나이와 비슷하게 갑주 형태의 무장을 갖춘 이들의 놀람은 더했다. 그들은 실전훈련을 위해 브리턴 차원으로 떠나는 사관생도들이었다.

"와! 일급 전사인가 봐"

"차원 통로를 열 때 생기는 압력 때문에 브리턴 행 열차를 타고 지구로 귀환할 정도면 일급 전사라고 봐야겠지. 그것도 최소로 쳤을 때 말이야."

"최소?"

"일급 전사라 할지라도 차원 압력으로 인해 일주일 정도는 행동이 부자연스러워지는데 저렇게 뛰는 것을 보면 특급 전사 정도는 되는 것 같은데."

"우와! 특급 전사라니!!"

"이건 상식이야. 인마!"

"그거야 네가 차원 전사를 양성하는 제일사관학교 생도 중에 수석이니까 그렇지. 일반 생도들도 그런 것은 잘 모를 걸."

"크크, 그렇기는 하지."

"야, 우리는 언제 저 정도로 성장할까?"

"쉽지는 않겠지만 노력하다보면 되지 않을까 싶은데. 이번 실전 훈련도 우리에게는 기회이고 말이야."

"그래, 이번 실전 훈련을 통해 성장해 보자고. 훈련 대상이 오염된 오크들이니까 말이야."

"그래, 기회지. 타차원에 오염된 오크들이라면 조금이지만 차원력을 얻을 수 있을 테니까."

— 잠시 후 열차가 출발하오니 여행객들께서는 속히 탑승해 주시기 바랍니다.

"어서 타자."

"그래."

차원 회귀력을 통해 운송되는 열차는 타차원에서 10분 이상 머물지 못하기에 방송이 들리자 대화를 나누던 두 사관생도는 급히 열차에 올라탔다. 차원 통로가 유지되는 시간은 그 정도 밖에 되지 않았다.

승강장을 나와 스테이션 로비를 가로지른 사나이는 밖으로 나와 공중 택시를 잡으려고 했다. 그러나 브리턴에서 오는 여행객들은 네 시간 후에나 도착하기에 스테이션 밖에는 대기하고 있는 공중 택시가 없었다.

"가지가지 하는구나. 엘프들의 의뢰는 받아들이는 것이 아니었는데……."

의뢰 금액이 무척 큰데다가, 임무를 완료한 후 줄 별도 보상을 준다는 것 때문에 어둠의 힘에 물든 드레이크 사냥 의뢰를 승낙했었다. 길어야 이틀 정도면 사냥이 끝날 것이 확실했기 때문이다.

임무에 들어간 후 그것이 커다란 착각이었다는 것을 깨달았다. 사냥 대상이었던 드레이크는 어둠의 힘에 물든 것이 아니라 경계 너머의 알 수 없는 차원력에 오염되어 있었기 때문이었다.

악전고투 끝에 사냥이 완료되었을 때는 예상한 것보다 시간이 많이 지나 있었다. 차원력을 만들어진 배리어를 어렵게 뚫고 드레이크의 목을 날려버렸을 때는 브리턴에 온 지 일주일이라는 시간이 지나 있었던 것이다.

임무를 완수하고 신고하기 위해 센트 싸인 행정청에 들렀을 때 지구로부터 날아온 통신문을 받아 볼 수 있었다. 그리고 통신문에 쓰여 있는 짧은 문장은 사나이를 급하게 만들었다.

　당장 튀어 와! 새끼야!!

　특급 차원 전사이기는 하지만 자신이 가장 무서워하는 존재
의 불호령 같은 통신이었다.
　통신문을 보낸 사람은 아버지였다. 그것도 이틀 전에 날아온
것이었다.
　"제기랄!!"
　아버지의 화난 얼굴을 떠올리며 사나이는 이를 악물고 도로
를 달리기 시작했다. 과태료가 꽤 많이 나오기는 하겠지만 더
이상 늦어 반 죽는 것 보다는 나았다.
　타타타탓!
　'택시다.'
　그래도 재수가 영 없지는 않았는지 10분 정도 달리다가 공중
택시가 서 있는 것이 보였다. 편의점에 들려 마실 것을 사가지
고 나와 택시에 타는 기사가 보였다.
　"기사님! 잠깐만요!"
　다행히 사나이가 부르는 소리를 들었는지 공중 택시는 출발
하지 않았다.
　사나이는 공중 택시가 있는 곳에 도착에 문을 열고 차에 탈
수 있었다.

"어디를 가십니까?"

"청담동으로 빨리 가주세요."

"따따블 드릴 테니 어서 가주세요. 한시가 급합니다."

"고속 주행은 기본요금이 일반 요금의 세 배인 것은 아시죠?"

"돈은 상관없어요. 급하니까 빨리 가주세요."

"알겠습니다."

공간 이동이 제한된 지구에서 비행기를 제외하고 가장 빠르다는 고속 주행 모드가 가동됐다.

슈—숏!

100미터 상공에서 1,000미터씩 공간을 건너뛰어 이동하는 공중 택시라면 10분이 채 지나지 않아 집에 도착할 수 있을 터였다.

10분이 좀 지난 시점, 사나이는 거액의 요금을 카드로 결제하고 공중 택시에서 내릴 수 있었다. 그리고는 곧장 집을 향해 달렸다.

3층 단독 주택 앞에 도착한 사나이는 조심스럽게 초인종을 눌렀다.

딩동!

— 누구세요.

'어! 소미가 우리 집에 웬일이지?'

인터폰을 통해 들려 온 목소리는 얼마 전에 헤어진 여자 친구인 소미였다.

"어, 어. 나야."

— 나가 누구세요?

"이 집 주인 아들 박준호라고!"

— 소리 지르지 말아요.

철컥!

핀잔 같은 여자 친구의 목소리가 들린 후에 문이 열렸다. 사나이는 급하게 집 안으로 들어갔다.

"네가 여기 왜 있어?"

집안으로 들어선 후 사나이는 앞치마를 두르고 서 있는, 여자 친구였던 소미에게 소리를 버럭 질렀다.

"그렇게 소리 지르지 말고 연무장으로 내려가요. 아버님이 기다리고 있어요."

"끄응."

오후 시간이라 혹시나 집에 계시지 않기를 바랐건만 자신의 기대는 허무하게 무너져 버렸다.

"네가 여기 왜 있는지는 모르지만 갔다 와서 보자."

소미에게 한마디 던진 사나이는 풀죽은 모습으로 지하에 있는 연무장으로 향했다.

'뭐 때문에 골이 단단히 나셨는지 모르겠구나.'

아니나 다를까, 연무장에 도착하자 강철목으로 만들어진 목 검을 들고 있는 아버지가 서 있었다.

"이 새끼야! 내가 튀어오라고 했지?"

"아, 아버지."

"엎드려!"

"헉!"

"신체 강화 걸면 아주 죽여 버린다."

"아, 아버지. 저 32대 독자예요."

"박준호! 독자고 나발이고 엎드려!"

살기까지 풍기는 아버지의 모습에 박준호는 그 자리에서 엎드려야 했다.

휘익!

퍼—억!

강철보다 단단하고 탄력까지 있다는 강철목으로 만들어진 목검이 박준호의 엉덩이를 강타했다.

"꺼—억!"

"이 새끼가, 어디서 엄살이야?"

퍼퍼퍼퍼퍼퍽!

"끄아아악!"

신체 강화를 걸지 않은 탓에 극심한 고통을 느껴야 했기에 박준호는 비명을 내질렀다.

"이놈의 새끼! 감히 네가 우리 집안을 이을 33대 손을 버려! 비명 지르면 강도 높인다."

퍼퍼퍼퍽!

"크으, 무, 무슨 말씀이세요?"

턱!

억지로 비명을 참으며 이어지는 박준호의 반문에 박상훈은 자단목으로 만들어진 상자를 엎드린 준호의 눈앞에 놓았다.

뚜껑이 열린 상자 안에는 플라스틱으로 만든 막대 같은 것이 있었는데 중간에 있는 둥근 원 안쪽에 빨간 선이 두 개가 그어져 있는 것이 보였다.

"허—걱!!"

박준호는 여자 친구인 소미가 자신의 집에 있고, 아버지가 이토록 화가 난 이후를 알 수 있었다.

'술 먹고, 딱 한 번이었는데…….'

석 달 전 브리턴으로 차원 여행을 가서 엘프 주를 마신 후 분위기를 못 이겨 의도하지 않게 여자 친구인 강소미와 처음 관계를 가졌었다. 그 결과가 임신으로 나타날 줄은 박준호로서도 몰랐던 일이었다.

"이제 알았냐! 네놈이 무슨 짓을 했는지?"

"아, 아버지."

"감히 네놈이 귀하디귀한 내 손주를 내 팽개쳐! 우리 집안 대가 끊길 염려는 없으니 어디 죽어 봐라."

퍼퍼퍼퍽!

'크으, 아이가 생기다니. 차원 오염이 계속 늘어나서 어쩔 수 없이 헤어지자고 했는데…….'

화가 난 아버지의 매질이 계속 됐지만 아픔은 별로 느껴지지 않았다.

경계 너머의 미지의 차원에서 전해지는 차원력으로 인해 오염된 존재들이 늘어나고 있어 특급 선사라고 해도 안심할 수 없는 상황이었다.

죽음을 전제로 사냥을 나서야 하는 차원 전사의 위험성을 너무 잘 알기에 사랑하지만 헤어지자고 했는데 임신을 해버린 것이다.

'단번에 아이가 생기다니. 어쩔 수 없는 건가?'

어쩔 수 없이 헤어짐을 감수했지만 자신의 인생에 있어 첫 번이자 마지막이었던 관계에서 아이가 생기다니, 이것도 운명이라는 생각이 들었다.

퍼퍼퍼퍼퍽!

"……."

"에고, 숨차네. 일어나 새끼야!"

박상훈이 숨을 목검을 던지며 말했다.

'아직도 화가 풀리지 않으셨구나.'

자리에서 일어나 바라 본 아버지의 눈에서 노여움이 가시지 않은 것을 느끼며 박준호는 고개를 숙였다.

"결혼식은 이틀 후다. 올라가서 아가에게 무릎 꿇고 사과해라."

"알겠습니다."

"그리고 우리 집안 장손 이름은 차훈이다. 박차훈!"

"예, 아버지."

"오염된 차원력을 남기고 올 정도로 칠칠맞지 않은 녀석이 애비 노릇이나 제대로 할는지. 쯧쯧! 난 네놈이 흘린 것들을 치우러 갈 테니 아가에게 용서를 받아라. 그렇지 않으면 이대로 끝내지 않을 테니."

"죄송합니다."

드레이크를 잡은 후 남아 있는 차원력을 제거했지만 미진했던 것을 알아차린 박준호는 고개를 깊이 숙였다.

아버지가 앞장서서 올라가자 준호는 천천히 뒤를 따랐다.

"난 좀 나갔다가 오마, 아가."

"어디 가시게요? 아버님."

"볼 일이 좀 있다. 식사 시간에는 맞춰 오도록 하마."

"조심해서 다녀오세요."

아들을 무지막지하게 두들겨 패고 난 후 갑자기 밖으로 나갔기에 강소미가 박준호를 바라보았다.

"아버님이 어디 가시는 거예요?"

"내가 흘린 것을 치우러 가셨어. 저녁 먹을 때까지는 돌아오실 거야."

매질을 하면서 자신에게 남은 차원력을 해소 했을 터였다. 자신이 이동한 경로와 공중 택시 안에 오염된 차원력이 남아 있겠지만 아버지의 능력이라면 두 시간도 채 지나지 않아 해결을 할 터였다.

털썩!

"미안해! 용서해줘."

박준호는 무릎을 꿇고 용서를 빌었다.

"화난 거 없으니까, 어서 일어나요."

"화난 것이 없다고?"

"당신이 왜 헤어지고 했는지 아니까 일어나라고요."

"아까는……."

"우리 아기가 놀랄까봐 그랬어요. 어서 일어나요."

"알았어. 그런데 내가 헤어지고 한 이유를 어떻게 안 거
야?"

박준호가 일어서며 물었다.

"무슨 특급 전사가 술 먹고 취해서 그렇게 울며 말해요. 모를
수가 없더라고요. 주저리주저리 다 이야기하는데. 에고."

"내가 술주정을 했다고?"

"그래요."

"그런데 왜 그냥 간 거야?"

관계를 가진 다음 날 헤어지자는 말에 두말없이 돌아서서 차
원 열차를 타러 갔기에 박준호가 물었다.

"아버님이 계신데 내가 걱정을 왜 해요. 그냥 와서 이르면 되
는데!"

"헉!"

여자 친구인 소미가 모든 것을 알고 초강수를 준비하고 있었다는 것을 알게 된 박준호는 오늘의 매질이 이미 예정이 되어 있었다는 것을 알았다. 여자 친구가 임신을 하지 않았다고 하더라도 대노했을 아버지였다.

"아버님이 이름을 지어 주셨어요. 차훈이라고."

"드, 들었어."

"아주 귀한 아이라고 했어요. 정성을 다해서 키워야 한다고 말이죠."

"아버지가?"

"그래요. 그래서 더욱 화가 나신 거예요. 길을 잃은 이들을 인도할 장손을 버렸다고 어찌나 화를 내시는지⋯⋯."

"어쩐지."

예지 능력을 가지고 있는 아버지가 그렇게 말했다면 귀한 아이임에 틀림없었다. 이 정도로 끝난 것도 어쩌면 아버지가 봐줘서 그런 것인지도 모를 일이었다.

'차원 침탈의 위험이 증가하고 있는데도 갈피를 잡지 못하고 있는 수뇌부들 때문에 고민하고 있었는데 내 아이가 길잡이가 될 수 있다니⋯⋯.'

세상이 바뀌고 난 뒤 많은 것이 변했지만 아직도 질서를 잡지 못하고 있었다.

특히나 경계를 넘어 수시로 차원으로 잠입하는 미지의 존재들로 인해 혼란이 일어나고 있는 상황이었다. 각 차원의 수뇌부들이 안간힘을 쓰고 있기는 하지만 한 세대 안에 차원 침탈이 시작될 터였다.

아버지의 말대로라면 자신의 아이가 희망이 될 수도 있을 터였기에 박준호의 눈이 빛났다. 시베리아 한복판에서 거대한 에너지 폭발이 일어나 세상이 바뀐 후, 자신의 증조할아버지가 예언하신 것이 실현이 된 때문이었다.

'그럼 소미에게도 집안의 비기를 가르쳐야겠군. 아이를 위해서도 그렇고.'

치우로부터 전해지고 매영이 가꿔 온 가문의 비기를 자신의 아내가 될 소미에게 가르치기로 결심한 박준호였다.

"아참!"

"뭐?"

"이틀 후 결혼식이 끝나고 나면 평양으로 가야 한다고 말씀하셨어요."

"신혼여행도 가지 않고?"

"만나실 분이 계시다고 하네요."

"누구를?"

"제2사관학교 수석 교관님을 만나신다고 하던 걸요."

"상철이형을 만난다고?"

"그래요. 그분이 몇 달 전에 열다섯 살 연하랑 결혼하시고 아이를 가지셨다고 하는데 축하도 하고 이름도 지어주시러 겸사 겸사 가신다고 하시던데요."

"이런 우라질 양반!!"

급해도 너무 급한 아버지 때문에 박준호는 어이가 없었다.

추상철은 특급 전사이며 자신과 비슷한 실력을 지닌 이로, 아버지 밑에서 수학한 사형이다. 얼마 전에 결혼 해 아이를 가졌다는 소식을 들었다.

나이 어린 형수가 임신한 아이가 딸이라고 들었다. 신혼여행도 가지 못하게 하고 아버지가 사형을 만나려고 하는 것을 보니 태중 혼약을 하려는 것이 분명했다.

자신이 말려봤자 소용이 없다.

결심을 굳히셨다면 모든 것이 아버지 뜻대로 될 터였다. 벌써부터 증손주가 보고 싶으신 모양이었다.

〈『그린 하트』 完〉

세상의 모든 장르소설

B북스

장르소설 전용 앱 'B북스' 오픈!

남자들을 위한 **판타지 & 무협,**
여자들을 위한 **로맨스 & BL까지!**

구글 플레이에서 **B북스**를 다운 받으시고, 메일 주소로 간편하게 회원 가입하세요.
아이폰 유저는 **B북스 모바일 웹**에서 앱 화면과 똑같이 이용하실 수 있습니다.

http://www.b-books.co.kr

이제 스마트폰에서 B북스로 장르소설을 편리하게 즐기세요.